AF211088

BAUER AHMAD

Buch:
Bernhard Mrak

Story:
Bernhard Mrak
Alev Irmak

Impressum:
Bernhard Mrak
© 2025 Bernhard Mrak
Alle Rechte vorbehalten.
ISBN: 978-3-8192-4887-0
Erstveröffentlichung: Mai 2025
Covergestaltung: ChatGPT

Anmeldung zum Newsletter über:
info@bernhardmrak.com

Verlag: BoD · Books on Demand GmbH,
Überseering 33, 22297 Hamburg, bod@bod.de
Druck: Libri Plureos GmbH, Friedensallee 273,
22763 Hamburg

Über Abschied, Ankunft –
und zweite Chancen.

AHMAD

Ein bedrohliches Durcheinander aus Geräuschen und Stimmen. Unverständliche Wortfetzen. Schreie voller Angst und Schmerz. Dazu ein Summton. Laut und unangenehm.

Beißender Wind, hektische Schritte, heftiger Atem. Alles zunehmend verstärkt.

Da irrt jemand durch die leicht angezuckerte Gebirgslandschaft. Es ist kalt und nebelig. Eine übergroße Winterjacke, ein kleiner, aber schwerer Rucksack. Kapuze und Schal verhüllen das Gesicht.

Die Person wirkt verloren und gehetzt – bleibt verzweifelt auf einer Anhöhe stehen. Sie befreit ihr Gesicht.

Es ist Ahmad. Um die dreißig Jahre. Hagere Gestalt. Vollbart.

Frustriert schaut er über die einsame Umgebung.

Vor ihm tun sich noch höhere Berge auf.

Ein Blick zurück – das ist keine Option.

Ein lauter und schmerzhafter Summton in seinen Ohren überlagert nun die bereits unerträgliche Geräuschkulisse.

Ahmad atmet ein paar Mal tief durch und schließt die Augen.

Endlich Stille. Nur sein eigener Atem und das Geräusch von Flügelschlägen.

Er öffnet seine Augen wieder.

Über ihm am Himmel zieht ein mächtiger Adler seine Bahnen und mit weiteren Flügelschlägen zielt er in Richtung der Berge.

BAUER

Eine Kuhglocke bimmelt am Hals der Kuh zu ihren langsamen Schritten hin und her. Von beiden Seiten hängen leere Satteltaschen.

Neben ihr stapft der siebzigjährige Bauer zügig einen engen und steilen Bergweg herunter. Ein gestandenes Original. Statisch und kraftvoll. Wilder Vollbart. Etwas verwahrlost.

Er humpelt leicht, hat sich einen eigenen Gang zugelegt, um sein linkes Knie zu entlasten. In seinen kräftigen Bauernhänden ein Wanderstock.

Er treibt seine Kuh an. Schaut stur gerade aus. Sein Gesichtsausdruck hart, stolz und verbissen.

Ein kleiner Holzverschlag – ähnlich der Behausung eines Ski- oder Sessellifts – dient als Bergstation für einen kleinen, in die Jahre gekommenen Transportlift.

Die alte Taschenuhr des Bauern zeigt 7:34 Uhr. Verärgert steckt er sie weg und blickt ungeduldig auf den Hebel, mit welchem der Lift bedient werden kann.

Endlich wird der Motor von der Talstation aus aktiviert und die Seilwinde setzt sich in Bewegung. Schon etwas beruhigter verlässt der Bauer den Holzverschlag.

Neben der Bergstation – am Rande des Abhangs – grast die Kuh.

Monotones Motorengeräusch.

In der Nähe sitzt der Bauer auf einer kleinen Holzbank und ruht sein schmerzendes Knie aus. Er starrt sehnsüchtig in die Berge.

Ein Schluck Schnaps aus seinem Flachmann, dann müht er sich hoch und späht ungeduldig die beiden Seile hinab, welche ins vernebelte Tal führen. Seine Nase rinnt von der Kälte, sein Hauch ist sichtbar.

Endlich taucht ein kleiner Transportkorb in der Ferne auf, kommt aber nur ganz langsam näher.

Der Blick des Bauern ist leicht verschleiert – inmitten der Ladung sieht er eine männliche Gestalt im Liftkorb sitzen. Um die zwanzig. Sie lächelt und winkt freundlich.

Die Augen des Bauern werden größer. Sein Atem stockt.

Doch schon im nächsten Augenblick sitzt dort der dreißigjährige Michi, sympathisch, sportlich und gechillt. Er ist sozusagen Teil der Ladung und fährt obendrauf mit.

Freundlich grinst er dem Bauern entgegen.

Dieser nickt nur enttäuscht zurück.

Der Liftkorb hält in der Bergstation.

»Servus, Bauer! Ich weiß, ich bin zu spät.«

Der Bauer schaltet den Motor aus.

Michi entfernt das Sicherheitsseil von seinem Gürtel und hüpft vom Liftkorb.

»Bei ein paar Sachen waren wir uns nicht sicher. Du hast eine Schrift wie eine Sau.«

Michi lädt die Ware zügig ab. Alles dabei, um über den Winter zu kommen. Darunter Säcke mit Nahrungsmitteln, Tierfutter und einige Flaschen mit Propangas.

Der Bauer überprüft die Ladung schweigend.

Michi blickt in die Berge.

»Der Winter soll heftig werden.«

Jetzt sieht ihn der Bauer streng an und spottet: »Du hast noch keinen heftigen Winter erlebt, Bub.«

Michi ignoriert das und transportiert die Ladung weiter zur Kuh.

»Gaia, du Arme! Wirst schon wieder eingespannt von deinem alten Herren?«, begrüßt Michi die Kuh des Bauern.

Die Kuh wird beladen. Michi ist stärker und schneller als der Bauer und lässt diesen nicht viel machen.

»Alle aus dem Dorf lassen dich schön grüßen.«

Ein verächtlicher Blick vom Bauern.

»Die Leute würden dich halt gern wieder mal sehen«, meint Michi und nach einer Pause: »Vor allem die Gruber.«

»Was will die alte Gruber von mir?«, fährt ihn der Bauer an.

Michi beruhigt: »Die junge.«

Der Bauer versteht nicht.

»Der alte Gruber ist gestorben, Bauer. Seine Tochter ist jetzt Bürgermeisterin.«

»Ha!« lacht der Bauer kurz auf, »Kannst ihr das Gleiche sagen, was ich ihrem Vater schon gesagt hab.«

Michi schmunzelt.

»Die Tochter lasst sich aber nicht so leicht verscheuchen.«

Der Bauer winkt ab.

Die Kuh ist halb beladen. Der Bauer reicht Michi einen Flachmann. Dieser nippt kurz: »Marille?«

Der Bauer schüttelt den Kopf und nimmt einen kräftigen Schluck: »Wacholder.«

»Nice.« Aber nochmal probieren will Michi nicht.

Beide ruhen sich am Boden neben der Kuh aus. Der Bauer trinkt abermals. Michi beobachtet den Bauern und überlegt kurz, dann hält er ihm doch ein altes Mobiltelefon hin.

»Falls was ist, dann rufst die Nummer an«, und aktiviert es.

»Was soll denn sein? Und überhaupt, da oben gibt es keinen Empfang«, ärgert sich der Bauer über das unerwünschte Geschenk.

»Hier herunten aber schon«, grinst Michi ihn leise an und hält ihm zum Beweis das Display unter die rinnende Nase.

»Michi, wenn mich eine Lawine vom Dorf abschneidet, dann dort oben« und deutet in die Berge.

»Ja, ich weiß«, seufzt Michi.

Der Bauer gerät in Rage.

»Wer hat sich das wieder eingebildet? Ich lasse mich nicht überwachen. Ist das die Nummer von der Bürgermeisterin?«

»Es ist meine«, sagt Michi leise.

Der Bauer stutzt kurz, dann wird er deutlich:

»Mir geht es gut. Ich brauche keine Hilfe.«

Er wechselt auf die andere Seite der Kuh.

»Wie du glaubst, Bauer.«

Michi lächelt. Er hat es wenigstens versucht – und versteckt das Telefon mitsamt Netzgerät heimlich in einer der kleinen Seitentaschen.

Der Bauer beruhigt die Kuh, während Michi die letzte Propangasflasche auflädt.

»Stell dich nicht so an, du blöde Kuh, ganz ruhig. Das schadet dir nicht. Bist eh zu dick.«

»Wir können nochmal fahren, bevor der Schnee kommt«, schlägt Michi eindringlich vor, aber der Bauer schüttelt den Kopf.

»Nein. Reicht schon. So viel fress ich nicht.«

Er zählt das Geld für Michi ab und steckt ihm noch einen Fünfziger zu. Dann klopft er ihm freundschaftlich auf den Hinterkopf.

»Aber du könntest ein bisserl mehr essen. Schaust ja aus wie ein Zombie.«

Michi grinst. »Dann bis hoffentlich im Frühjahr.«

Der Bauer nickt ihm nur kurz zu – er tut sich schwer mit Abschieden – sodann verschwindet Michi in Richtung Lift.

Der Bauer sieht ihm noch kurz nach, dann schnappt er sich die Kuh und führt sie schwer bepackt zurück auf den steilen Forstweg.

ZIRBENALM, AD 1903

Der Bauer müht sich mit der voll beladenen Kuh den steilen Bergweg hinauf. Er ist aufgewühlt. Vom Ärger beflügelt.

»Ha! Wollt uns der so ein Handy andrehen, das Gfrastsackl.«

Sein Gang wird energischer.

»Schöne Grüße ... verlogene Bagage. Die können uns gestohlen bleiben. Stimmt's, Gaia? Die brauchen wir nicht.«

Ein heftiger Schmerz im Knie. Er hält an. Er verschnauft und greift nach dem Flachmann. Während er trinkt, schweift sein Blick in die Berge ab und verweilt dort sehnsuchtsvoll.

Das »Muh« der Kuh holt ihn zurück.

»Bin schon wieder da, Gaia! Alles gut, Mädel.«

Er zwingt sich weiter. Die Kuh ebenso.

Schließlich kommt er mit Gaia bei einer Anhöhe zum Stehen – und atmet erleichtert auf. Durch die Nebeldecke erscheint in der Ferne eine kleine Alm an einer schrägen Weide am Fuße eines hohen, schneebedeckten Berges.

Das Eingangstor des alten Holzzaunes hängt schief. Holzschläge verhallen über der Alm. Deren Zerfall ist überall erkennbar. Rauch qualmt aus dem kleinen Schornstein der Almhütte.

Aus dem Hühnerstall am Fuße eines steilen Abhangs läuft ein Huhn über den verwahrlosten und teils zugemüllten Hof. Vorbei an der Almhütte mit Veranda in Richtung des Stalls, hinter dem sich eine große Weide erstreckt.

Dort liegt ein alter Schweizer Sennenhund in der Sonne. Ein paar junge Ziegen hüpfen frech um ihn herum. Eine sogar auf ihn drauf. Nun reicht es ihm und er trottet in Richtung Almhütte.

Die Holzschläge werden lauter. Beim Holzverschlag – hinter der Almhütte bei der Werkstatt – spaltet der Bauer gekonnt das Holz, um sich abzureagieren. Der Hund sucht Zuflucht bei ihm.

»Na? Lassens dich schon wieder nicht in Ruh, die blöden Ziegen?«
Der Hund legt sich hin.

»Jetzt weißt, wie es mir geht.«

Er spaltet ein weiteres Scheit entzwei und wirft die Teile auf einen noch recht bescheidenen Holzstapel.

Ein tiefer Seufzer.

»Das reicht noch lange nicht, Ares.«

Doch dem scheint das egal zu sein.

Auf dem schrägen Stalldach hat sich schon etwas Schnee angesammelt, der nun in der Sonne auftaut und durch einige Löcher im Dach in den Stall hinein tropft. Die alte Stalltür steht halb offen. Darauf die Namen der Tiere – liebevoll in Holzscheiben eingeschnitzt und aufgehängt. *Gaia, Diana, Eirene ...*

Die Tiere kreischen aufgeregt durcheinander. Bis auf die Hühner haben im unteren Stock des Stalls alle Tiere ihr Zuhause in abgetrennten Bereichen. Eine steile Leiter führt zum Dachboden voller Heu.

Der Bauer füttert seine geliebten Tiere gerade mit Kartoffelresten und Körnern.

»Habt's schon geglaubt, ihr kriegt's heut nichts mehr.«

Die können es alle nicht erwarten und fallen über ihre Tröge her.

»Diana! Lass der Eirene auch noch was ... die ist trächtig, die braucht das!«, ruft er einer gescheckten Ziege zu, die ihre pechschwarze Kollegin gierig vom Futtertrog verdrängt.

Auch die Schweine verhalten sich nicht anders.

»Rhea, lass den Pluto in Ruh ... und friss nicht so hastig, sonst speibst mir wieder alles voll.«

Insgesamt sind es drei Schweine, vier Schafe, sechs Ziegen – und eine Kuh. Diese kriegt als Letzte ihr Futter.

»Ja, Gaia! Du kriegst dann noch was ganz Gutes.«

Er stutzt und streicht ihr übers Fell.

»Was bist denn so nass?«

Er blickt langsam nach oben.

Dort im Dach macht er ein paar undichte Stellen aus, durch die es langsam, aber unaufhörlich tropft. Verärgert greift er nach dem Flachmann – doch der ist leer.

In seiner kleinen, aber gemütlichen Werkstatt befüllt der Bauer behutsam seinen Flachmann. Im Hintergrund tropft das Destillat monoton aus der eigenen Schnapsbrennanlage. Er nimmt einen Schluck aus dem Flachmann.

»Lass mich. Geh jemand anderem auf die Nerven!« und blickt zur offenen Werkstatttür – doch dort ist niemand zu sehen.

Sein Blick verweilt dort für einen Moment.

Ein Ansatz von Wehmut.

Dann steckt er seinen Flachmann ein und verlässt die Werkstatt.

Im Stall verstaut der Bauer die Satteltaschen – da bemerkt er etwas in einer der kleinen Seitentaschen – und holt das Handy mitsamt dem Netzgerät von Michi hervor.

»Hinterlistiger Saufratz!«

Er drückt ein paar Mal wütend auf dem Handy herum, bis es endlich ausgeht.

Der Bauer steht auf einer Anhöhe mit Blick über das Tal – im Hintergrund die Alm. Plötzlich holt er das Handy hervor.

»Schöne Grüße zurück!«, schreit er hinunter ins Tal und wirft das Mobiltelefon – mit der Energie eines wütenden Kindes – den Berg hinunter.

Ein letzter verächtlicher Blick ins Tal.

Der Bauer torkelt – schon leicht beschwipst – aus dem schiefen Plumpsklo. Auf dem Weg zu einem kleinen Holzbrunnen murmelt er vor sich hin.

»Sehen wollen's mich. Ha, dass ich nicht lach.«

Er wäscht seine Hände im eisigen Wasser, daraufhin sein Gesicht.

»Das ist das schlechte Gewissen, das drückt.«

Im Kräutergarten, der zwischen Almhütte und Werkstatt gelegen ist, kniet er am Boden vor zwei Pflanzentöpfen und überlegt angestrengt. Dann fällt es ihm wieder ein.

»Der Lavendel bleibt da, aber der Lorbeer kommt rein. So ist das.«

Er schnappt sich den Lorbeer-Topf. Dann wandelt er damit weiter in

Richtung Werkstatt – vorbei am Hund, der in den Wald hinauf bellt.Da bleibt der Bauer stehen, blickt prüfend in die Richtung, in die auch der Hund starrt. Beide glotzen sie erwartungsvoll hinauf in den Wald – kein Mensch, kein Tier, nur Bäume.

Enttäuscht tröstet er seinen Hund:

»Lass gut sein, Ares. Da ist eh wieder nichts. Bist halt auch schon ein alter Trottel.«

Die Hütte ist eng und verwinkelt – viel Licht kommt nicht durch die kleinen, aber dennoch stark verschmutzten Fenster. Eine gemütliche Sitzecke, eine kleine Küchenzeile, ein Holzofen mit Sitzbank, eine Kommode. Von der Decke hängen noch alte Fliegenfallen. Ein Jagdgewehr an der Wand.

In all dem übrigen Müll und Unrat liegen überall Schnapsflaschen herum – teilweise angebrochen und leer.

Plötzlich schreit der Bauer auf:

»Na geh, Kathi! Das ist ja das falsche Futter!« und kracht zur Tür herein.

»Nicht einmal eine Liste kann sie lesen, die Schasaugerte.«

Wütend geht er zum Ofen und legt Holz nach.

»Aber bei mir will's herumschnipseln im Aug.«

Er wärmt sich am Ofen.

»Ja, weil's wahr ist!«

Mit diesem Satz wendet er sich zur Kommode.

Darauf, in einem kunstvoll und mit viel Liebe geschnitzten Holzrahmen, das Schwarz-Weiß-Foto einer jungen Frau – ihr strahlendes Lächeln ist einnehmend. Er verliert sich in ihrem freundlichen Antlitz und eine tiefe Wehmut kommt in ihm hoch.

Von der Stube aus schleppt er eine Propangasflasche den schmalen Gang entlang in Richtung Hintertür.

»Gescheit reden ... das können's ... sonst nichts.«

Rechts vom Gang liegen Badezimmer und Schlafkammer, links führt eine Treppe zum Dachboden, darunter die Vorratskammer. Davor lässt er die Flasche stehen – reißt die Tür auf – schon fallen ihm ein paar Packungen Klopapier aus der gut bestückten Vorratskammer entgegen.

Der Bauer trägt eine lange Holzleiter heran und lehnt sie ans Stalldach. Er schnappt sich Werkzeug und neue Dachschindeln.

Er will auf die Leiter steigen, doch sein linkes Knie spielt nicht mit. Weiter als eine Sprosse kommt er nicht.

Verärgert schmeißt er alles auf den Boden – und humpelt schimpfend in Richtung Hütte.

Die Sonne verschwindet langsam hinter dem leicht verschneiten Wald. Der Blick des Bauern ist in die Ferne gerichtet ... suchend ... die Sicht verschleiert. Gleich ist die Sonne verschwunden.

Neben ihm der Hund auf der Holzveranda – er starrt in dieselbe Richtung, dann schielt er zum Bauern, der ganz verloren scheint. Er steht mühevoll auf, schnappt sich seine Schnapsflasche und verschwindet mit dem Hund in der Hütte.

Oberhalb der Tür in wunderschöner Schrift eingebrannt – *Zirbenalm, AD 1903.*

Der Fleisch-Gemüse-Eintopf ist fertig.

Der Bauer füllt zwei Schüsseln an, stellt eine dem Hund hin, der sich darüber hermacht.

»Nicht schlingen, ist noch heiß.«

Mit der zweiten Schüssel setzt er sich an den Tisch, legt sein linkes Bein auf einem Stuhl ab, krempelt das Hosenbein hoch und entfernt die Bandagen – das Knie ist stark angeschwollen.

Schnell ein Löffel Eintopf, dann greift er nach der selbstgemachten Salbe und schmiert sich das Knie ein.

Plötzlich ganz laut:

»Schonen ... du bist lustig ... und wie stellst du dir das vor?«

Der Hund glotzt zum Bauern, dieser zum Foto seiner Frau.

Und nach einer langen Stille sagt er ganz leise:

»Morgen ist alles wieder gut.«

ANKUNFT

Ahmad steht am Abhang – vor ihm erstreckt sich die Alm des Bauern. Es schüttelt ihn vor Kälte. Er ist außer Atem, ausgezehrt, am Ende seiner Kräfte. Er starrt auf die beleuchteten Fenster der Almhütte.

Da sieht er plötzlich dahinter den Bauern vorbeitorkeln.

Ahmad schreckt zurück. Dabei knickt er mit dem Fuß um, verliert das Gleichgewicht, fällt und rutscht den Abhang hinunter – mitten in die Alm hinein.

Ein Krachen. Die Wand des Hühnerstalls hat ihn aufgehalten.

Das weckt jedoch die Hühner, deren Gackern wiederum den Hund alarmiert, der ein paar mal bellt.

Danach herrscht wieder Stille.

Ahmad sieht sich um.

Ein leichter Summton.

Er entdeckt die Stalltür, will auf – doch sein Fuß ist verstaucht. Jedes Auftreten schmerzt. Er beißt seine Zähne zusammen und humpelt so schnell er kann in Richtung Stall.

Vorsichtig öffnet sich die Stalltür und Ahmad schleicht sich herein. Bei der Tür bleibt er stehen. Es ist dunkel.

Er holt eine Taschenlampe hervor, schaltet sie ein – und leuchtet einem fetten Schwein mitten ins Gesicht.

Dieses grunzt und glotzt ihn mit seinen großen schwarzen Augen an. Ahmad springt erschrocken zurück, stößt dabei eine Schubkarre um, die schräg an die Stallwand gelehnt ist. Der Hund bellt abermals.

Der Summton wird lauter.

Die Almhüttentür schnellt auf – der Hund läuft in Richtung Stall. Der Bauer folgt ihm. Auch er hat eine Taschenlampe dabei.

»Du bist ein Trottel, Ares. Komm her.«

Vor dem Stall bleibt der Hund stehen, wartet auf seinen Herren und bellt ohne Unterlass.

Ahmad leuchtet hektisch mit der Taschenlampe umher – entdeckt die Holzleiter zum Dachboden. Von draußen das Hundegebell und die sich nähernde Stimme des Bauern.

»Ruhe jetzt, Ares!«, befiehlt der Bauer dem Hund, der verstummt.

»Ich schaue nach, aber ich sage dir gleich, da ist nichts.«

Ahmad schaltet die Taschenlampe aus und klettert mit seinem Rucksack – unter starken Schmerzen – die steile Leiter hinauf. Dort versteckt er sich unter dem Heu.

In dem Moment kommt der Bauer mit dem Hund herein – dieser nimmt sogleich Fährte auf und läuft im ganzen Stall herum.

Auch der Bauer schaut sich mit seiner Taschenlampe um – und entdeckt die umgekippte Schubkarre.

»Da hammas schon, Ares. Da liegt dein Einbrecher.«

Er will gehen, doch Ares bleibt stur vor der Leiter stehen und bellt hinauf.

»Komm jetzt!«

Nun setzt der Hund ein leichtes Knurren an. Das ist dann schon merkwürdig.

Der Bauer leuchtet zum Dachboden hinauf, doch dort ist nur Heu zu sehen.

»Da schau! Da ist nichts, du Depp!«

Doch der Hund ist sich sicher und beginnt wieder zu bellen.

»Ares! Ruhe! Hierher, aber sofort.«

Widerwillig gehorcht der Hund und folgt seinem Herrchen hinaus.

»Du musst mir nicht den großen Wachhund vorspielen. Ich weiß eh, dass du's noch drauf hast.«

Die Stalltür schließt sich.

Der Hund liegt am Boden der Schlafkammer – seine Aufmerksamkeit noch immer beim Stall. Bei Petroleumlicht liegt der Bauer in seinem Bett und starrt gegen die Decke.

Im Stall hat sich Ahmad mittlerweile ins Heu eingehüllt. Endlich ist es warm und ruhig.

Der Summton hat sich gelegt.

Er atmet aus … und schläft ein.

Ein lauter Summton in der Dunkelheit. Hunde fletschen ihre Zähne, wildes Keifen vermischt sich mit dem einsamen Bellen eines Hundes.

Ahmad erwacht. Fährt hoch. Checkt seine Lage. Dabei holt er sich das Stroh aus allen möglichen Stellen. Er will auf, sackt jedoch gleich wieder zusammen – sein Bein schmerzt noch immer. Am liebsten würde er schreien, doch er muss leise sein.

Er kriecht auf allen vieren zu einem kleinen Fenster und lugt vorsichtig hinaus – vor dem Stall steht der Hund und bellt in seine Richtung.

Ahmad sieht sich um – kein Ausweg, kein Weiterkommen. Da meldet sich sein Magen mit einem lauten Knurren. Er kriecht zurück zu seinem Rucksack und holt einen Müsliriegel hervor. Er isst nur die Hälfte, packt den Rest wieder ein.

Der Bauer befreit die kleinen Solarpaneele vor der Hütte von einer leichten Schneeschicht. Der Hund bellt vor dem Stall.

»Ares! Gib jetzt endlich eine Ruh!«, fährt er seinen Hund an und dann leiser zu sich:

»Seniler, alter Trottel.«

Er kontrolliert Position und Winkel der Solarpaneele – da bleibt sein verschleierter Blick in der Ferne hängen.

Dort sieht er erneut die männliche Gestalt vom Transportlift – und dieses Mal nähert sie sich ihm winkend, auf ihn zukommend.

Der Ausdruck des Bauern erhellt sich –

doch schon steht an seiner Stelle: die Ärztin Kathi. Warmherzig, ein mütterlicher Typ, in ihren Sechzigern. Außer Atem, aber freundlich winkt sie ihm entgegen.

Dem Bauern schläft das Gesicht ein.

Der Hund bellt. Ahmad verfolgt durchs Dachbodenfenster, wie Kathi sich dem Bauern nähert, der eisern vor der Hütte steht. Der Hund begrüßt Kathi überschwänglich.

Von draußen hört Ahmad die Unterhaltung der beiden:

»Servus, Ares!« Kathi streichelt den Hund, dann blickt sie hoch zum Bauern.

»Grüß dich, Bauer! Hast gehofft, ich hab vergessen auf dich?«

Ahmad bewegt sich unruhig hin und her. Er versteht kein Wort.

»Betet hab ich drum«, brummt der Bauer und bittet sie gezwungenermaßen in die Hütte.

»Du und beten?«, lacht Kathi und zum Hund, der sich wieder dem Stall widmet, ruft sie verwundert zu:

»Ares, kommst nicht mit rein?«

»Lass ihn. Der spinnt schon den ganzen Tag«, sagt der Bauer.

Dann verschwinden sie in der Hütte. Ares setzt sich auf die Veranda und starrt weiter in Richtung Stall.

Ahmad muss pinkeln. Er sieht sich um, entscheidet sich für eine Seite, humpelt in die Ecke – und verrichtet sein Geschäft.

Kathi untersucht mit einer Diagnoselampe das rechte Auge des Bauern, dann das linke. Beide sind vom grauen Star befallen.

»Mir wär's lieber, du würdest dir meine Viecher anschauen, Kathi.«

»Und was sollen deine Viecher machen, wenn du tot bist?«

Der Bauer schweigt und überlegt. Rasch ergreift er ihre Hand.

»Dann kümmerst du dich um sie. Hörst du?«

Kathi schmunzelt.

»Mach dir um deine Viecher keine Sorgen.«

Sie befreit sich sanft aus seinem festen Griff.

»Dein grauer Star gehört dringend operiert. Siehst überhaupt noch irgendetwas?«

»Ich seh, was ich sehen muss.«

Der Bauer wetzt auf seinem Stuhl herum, fühlt sich unwohl.

»Und hat dir der Michi eh alles gebracht?«

»Das Zusatzfutter für die Gaia ist das falsche. Das mag sie nicht.«

Kathi nimmt ihr Stethoskop und hört ihn gründlich ab.

»Wann ist der Gruber gestorben?«, möchte der Bauer wissen.

»Vor zwei Monaten zirka. Atme bitte ruhig.«

»Und warum sagt mir das keiner?«

»Frotzeln kannst wen anderen.«

Er lacht kurz auf.

»Dein Knie macht mir auch Sorgen ... ganz normal atmen, Bauer ... warum willst dir nicht wenigstens vom Michi helfen lassen ... der war ja früher auch ständig da.«

Der Bauer wird zusehends unruhiger.

»Das ist meine Alm. Da will ich niemanden haben. Du bist die Ausnahme.«

Kathi packt ihr Stethoskop wieder ein.

»Weil du mich so gern hast«, grinst sie.

»Weil du wie eine Arschwarze bist, die man nicht loswird.«

Kathis Blick schweift über die vielen Schnapsflaschen.

»Kommst eigentlich noch nach mit der Produktion?«

»Ich trinke nur so viel, dass die Hand ruhig bleibt.«

Sie beendet ihre Untersuchung.

»Soweit alles in Ordnung.«

»Das hätte ich dir auch sagen können.«

»Sterben tust du nicht sofort. Für's Knie lasse ich dir was da. Aber Blut würde ich dir noch gern abnehmen.«

Sogleich steht der Bauer auf.

»Nein! Schluss, jetzt reicht's! Fahr ab mit deinem Sezierzeug.«

Sie verstaut ihre Instrumente im Rucksack.

»Wahrscheinlich kommt eh nur Selbstbrannter raus«, resigniert Kathi.

»Bist doch selber eine Deliriumwanzen … immer schon gewesen.«

Und stellt ihr eine volle Flasche Schnaps hin.

»Mah! Ist das Zirbe?«, erhellt sich Kathis Gesichtsausdruck wieder.

Er zwinkert ihr mit einem leichten Schmunzeln zu.

Kathi nippt vom Schnapsglas. Der Bauer mustert sie.

»Und?«

Kathi lässt den Schnaps wirken.

»Sehr gut.«

Der Bauer kippt zufrieden sein Glas, schenkt Kathi und sich selbst nach. Sie genießen die Sonne auf der Veranda.

Neben der Flasche Schnaps eine Brettljause. Der Bauer schneidet sich ein Stück Speck ab.

»Also, red schon! Was will die neue Bürgermeisterin?«

Kathi schnappt sich ein Stück Wurst.

»Dass du im Dorf überwinterst. Deine Viecher wären versorgt.«

»Ah! Von hier weglocken wollen die mich also.«

»Blödsinn. Aber sie überlegt, deinen Transportlift abzureißen, weil er gegen alle möglichen Vorschriften verstößt.«

»Die soll sich eingraben. Die will sich ja nur profilieren.«

Kathi grinst.

»Das hab ich ihr auch gesagt ... also Letzteres.«

Der Bauer wirkt überrascht. Der Hund holt sich Streicheleinheiten bei Kathi.

»Na, Ares! Wie kommst du aus mit dem sturen Bock?«

Sie rümpft die Nase.

»Hmm! Einer von euch zwei braucht eine Dusche.«

Plötzlich hört man von draußen das entfernte Grollen einer abgehenden Lawine. Kathi blickt zum Bauern, der keine Miene verzieht.

»Dass du da so ruhig bleiben kannst.«

»Die Alm hat in über hundert Jahren noch keine Lawine erwischt. Meine Leute haben schon gewusst, wo sie bauen müssen.«

Sein Blick schweift in die Ferne ab. Kathi betrachtet ihn eine Weile – und schließlich wagt sie es:

»Bauer? Meinst nicht, dass es langsam Zeit ist? Jetzt ist es bald zehn Jahre her.«

Ein fassungsloser Blick des Bauern. Sie zögert kurz. Dann holt sie ein Dokument hervor und legt es auf den Tisch.

»Es würde dir dabei helfen, mit der Sache abzuschließen.«

Er überfliegt den Zettel kurz, erkennt sogleich, was es ist – und steht wütend auf. Kathi mit ruhiger Stimme:

»Du hast jetzt lange genug gewartet. Ich weiß, dass es schwer ist.«

Er sieht sie eindringlich an.

»Wirklich, Kathi?«

Er wirkt gekränkt.

Kathi seufzt.

»Nein. Weiß ich nicht.« Und nach einer Pause:

»Wir machen uns halt Sorgen.«

Ganz plötzlich wird der Bauer zornig und schreit sie an:

»Wieso müsst ihr euch immer einmischen? Hättet ihr damals einen Frieden gegeben, wäre heute alles gut.«

Kathi kennt den Bauern in dieser Stimmung – und packt sich rasch zusammen.

»Ich geh jetzt lieber.«

»Ja, wird gut sein. Und den Scheißzettel kannst gleich mitnehmen!«

Mit einer kräftigen Bewegung wischt er das Dokument vom Tisch und räumt dabei auch den Rest darauf ab. Die Brettljause verteilt sich über den Verandaboden.

Ahmad überwacht vom Dachboden aus, wie Kathi sich vom Bauern und Hund verabschiedet und schließlich die Alm verlässt. Der Bauer verzieht sich verärgert in seine Hütte.

Sogleich fällt Ahmads Blick auf die Reste der Brettljause auf dem Boden der Veranda – wo Ares seinen Platz wieder eingenommen hat und sich Wurst und Speck zwischen Käse und Brot heraussucht.

Der Bauer steht in der Mitte der Stube.

Er atmet schwer. Wirkt panisch. Hilflos.

Sein aufgebrachter Blick fällt auf das Foto seiner Frau – doch ihr Lächeln beruhigt ihn diesmal nicht.

RÜCKKEHR

Die Berge. Der Stall. Die Almhütte. Alles in leichtes Mondlicht getaucht.

Ahmad hat sich seine Jacke mit etwas wärmendem Stroh ausgestopft. Er legt sich das letzte Stück Müsliriegel auf die Zunge. Ein Blick aus dem Fenster zur Veranda – dort peilt der Hund mit seinem Blick in Ahmads Richtung. Die Reste der Brettljause liegen noch an derselben Stelle.

In der Hütte kauert der Bauer vor dem Ofen. Daneben eine geöffnete Flasche Schnaps. Tiefe Trauer – ein flüchtiger Blick zur leeren Hundedecke: »Ares?«

Ahmad döst neben dem Fenster vor sich hin. Plötzlich ein jaulendes Geräusch von draußen. Er späht zur Veranda. Der Bauer steht in der Tür und zerrt gerade den Hund hinein.
»Schluss jetzt. Rein mit dir.«

Mit einem Schlag ist Ahmad munter. Er quält sich die Leiter herunter. Möglichst leise und unter Schmerzen, schleicht er sich an den Tieren vorbei, öffnet vorsichtig das Stalltor einen Spalt – und schlüpft hindurch.

Vor dem Stall sieht sich Ahmad um. Alles ruhig. Gleich humpelt er so schnell wie möglich in Richtung Veranda. Endlich hat er sein Ziel erreicht – vor ihm die Reste der Brettljause. Ein letzter Blick zur Tür – alles okay.
Er greift nach dem Brot – plötzlich ertönt laute Heavy Metal Musik aus der Hütte. Die Musik ist brutal und aggressiv. E-Gitarren und Schlagzeug übertönen sich. Eine jugendliche Männerstimme brüllt Unverständliches.
Ahmad springt erschrocken zurück und fällt.

Zu den Geräuschen, die Musik sein wollen, mischt sich wieder der penetrante Summton.

Alles klingt in seinen Ohren viel schlimmer – bewirkt Unangenehmes in ihm. Doch er kämpft sich schließlich hoch zur Brettljause. Überprüft erneut die Lage – jetzt aber schnell. Er schnappt sich Brot, Käse und auch den Schnaps, steckt alles in seine Taschen und verschwindet humpelnd in der Dunkelheit.

Heavy Metal dröhnt aus dem kleinen CD–Player auf der Kommode durch die Hütte. Daneben liegt die Hülle – darauf steht in der Handschrift des Bauern das Wort *Teufelsmusik.*

Eine leere Schnapsflasche fliegt um – und rollt vorbei am Foto von Trude, welches nun verdeckt am Tisch liegt. Dabei wollte der Bauer nur nach dem Tabak greifen.

Der Hund verzieht sich unter den Tisch. Bereits stark betrunken, versucht der Bauer mit seinen zittrigen Fingern eine Zigarette zu drehen. Es gelingt ihm nur schwer, sie anzuzünden. Sie brennt zudem nicht richtig. Er wirkt hilflos und verbittert. Das Foto der Frau vibriert zur Musik.

Ahmad schleicht sich zurück durch die Stalltür, vorbei an den Tieren, hinauf auf den Dachboden. Unter Schmerzen. Kaum oben angekommen, verschlingt er bereits Käse und Brot. Ein Schluck Schnaps. Der brennt. Und zwar heftig. Egal. Noch ein Schluck.

Heavy Metal Musik schallt aus der Hütte und verliert sich in der einsamen Umgebung.

Ahmad leidet unter der anhaltenden Musik. *Nun gesellt sich wieder der Summton hinzu.*

Ein kräftiger Schluck Schnaps.

Dann legt er sich hin. Gräbt sich ins Heu ein.

Der Summton wird stärker. Er hält sich die Ohren zu – endlich stoppt die Musik. *Auch das Summen entfernt sich.*

Erleichterung bei Ahmad.

Stille über der Alm. Das Licht in der Stube geht aus.

In der Schlafkammer hat der Bauer seine Mühe, sich seiner Kleidung zu entledigen.

»Meine Unterschrift wollen's, die Furchenscheißer ... da kann's lang warten, die Hochgschissene ... Zehn Jahre ... was sind zehn Jahre ... aufgeben soll ich dich ... sicher nicht.«

Schließlich fällt er – noch halb bekleidet – ins Bett. Der Hund liegt am Boden und betrachtet den Bauern eine Weile. Dieser schnarcht schon bald. Dann starrt Ares durch die Wand nach draußen.

Die ersten Sonnenstrahlen über der Alm.

Der obere Teil der Leiter ist noch immer an den Stall gelehnt – und wackelt plötzlich.

Mit einem schmerzhaften Schritt nach dem anderen quält sich der Bauer die Leiter hinauf. Werkzeug und Schindeln dabei.

Er hievt sich aufs Dach, dann muss er verschnaufen. Sein verschleierter Blick schweift über die beeindruckende Gegend, das Tal, die Berge. Da meldet sich schon der Hund mit einem heiseren Bellen von unten.

»Ist gut, Ares!«, ruft ihm der Bauer zu.

Am Fuß der Leiter wartet der Hund, den Bauern im Visier. Dieser klettert in Richtung Loch. Das Dach ist schräg, die Schindeln sind teilweise von Schnee bedeckt und rutschig. Der Hund folgt ihm mit einem bangen Blick.

Der Bauer erreicht die undichten Stellen, entfernt ein paar lose Schindeln – da hält er plötzlich inne. Erschrocken starrt er durch eines der Löcher. Der erste Schrecken weicht Neugier. Und dann absoluter Fassungslosigkeit.

Er reibt sich die Augen. Ein zweiter – zweifelnder – Blick. Doch es ist keine Einbildung.

Verschleiert, jedoch gut genug, sieht er dort einen jungen Mann im Heu liegen. Tief und fest schlafend. Der Bauer fährt hoch, sieht sich fragend um, blickt hinunter zum Hund.

Der Bauer klettert vorsichtig die Leiter herunter. Er ist sprachlos. Von der Situation völlig überwältigt. Er nimmt einen Schluck vom Flachmann, überlegt verbissen. Er will einen zweiten Schluck nehmen, doch er zögert, blickt auf den Flachmann. Hat er sich das eben eingebildet?

Noch einmal erklimmt der Bauer die Leiter, arbeitet sich schwitzend zu den Löchern im Dach vor – und wagt einen erneuten Blick hindurch.

Das Gesicht des jungen Mannes ist gut erkennbar. Der Bauer mustert ihn von Kopf bis Fuß. Versucht zu verstehen.

Und plötzlich wischt er alle Zweifel weg. Er realisiert für sich, wen er da vor sich hat. Tränen in den Augen des Bauern.

Gemächlich steigt der Bauer von der Leiter herunter. In sich gekehrt, nachdenklich. Wie ferngesteuert.

Unten empfängt ihn der Hund. Der Bauer beruhigt ihn.

»Alles gut. Hast recht gehabt diesmal.«

Der Bauer zielt Richtung Hütte. Unter Schmerzen – aber das Knie ist nun zweitrangig. Er verschwindet in der Hütte – der Hund bleibt fragend vor dem Stall zurück.

Der Bauer versucht, gerade Erlebtes einzuordnen. Aufgeregt geht er in seiner Stube auf und ab.

Er wirkt wie ausgewechselt – voller Begeisterung, Entzücken und Freude.

Und dann plötzlich zum Foto seiner Frau:

»Trude! Er ist wieder da.«

Endlich hat er es gesagt. Laut ausgesprochen.

Ein Lächeln huscht über sein Gesicht.

Tränen rinnen über seine Wangen.

Sein verschleierter Blick auf dem Foto seiner grinsenden Frau.

ANNÄHERUNG

Der Bauer sitzt auf der Veranda und blickt zum Stall. Neben ihm der Hund – er bellt.

»Ares! Aus!«

Doch der hört nicht.

»Schluss! Rein mit dir.«

Der Hund verstummt und wird vom Bauern in die Hütte gezerrt. Mit Blick zum Stall zischt der Bauer:

»Lass den Buben schlafen« und schließt dann die Tür von innen.

Durch die Löcher im Dach scheint die Sonne auf Ahmads Gesicht.

Plötzlich fährt er hoch – zwischen Stroh, Essensresten und leerer Schnapsflasche.

Das grelle Licht schmerzt, sein Schädel brummt vom Selbstgebrannten.

Er steht auf – vermag schon wieder aufzutreten, wenn auch noch unter leichten Schmerzen.

Er sieht sich vorsichtig um. Alles ruhig, die Tiere friedlich.

Dann ein lautes Knurren – sein Magen meldet sich wieder.

Der Bauer wartet vor dem Fenster.

»Der kommt nicht.«

Der Hund steht vor der geschlossenen Eingangstür und bellt auf.

»Schnauze!«

Der Hund verstummt, setzt sich.

»Der kommt nicht. Wieso kommt er nicht?«

Ein Schluck Schnaps.

Mit einem Tablett voller Essen – Wurst, Speck, Käse, Eier, Gemüse und Brot – verlässt der Bauer die Hütte.

Der Hund folgt ihm.

»Ares, du bleibst da!«

Ares gehorcht widerwillig und bleibt auf der Veranda, während der Bauer humpelnd Richtung Stall zielt.

Davor hält er plötzlich an.

Zögert. Überlegt. Traut sich nicht hinein.

Er blickt hoch zum Dachboden, dann zu einem kleinen Holztisch mit Sitzbänken.

Durch einen Schlitz in der Holzwand beobachtet Ahmad den Bauern, wie dieser das Tablett auf dem Holztisch abstellt – und dann wieder in der Hütte verschwindet.

Der Hund bleibt vor der Hütte sitzen.

Hungrig starrt Ahmad auf das köstliche Essen vor dem Stall.

Der Bauer steht vor dem Fenster und starrt zum Stall hinüber, zum Essen davor.

»Ich verstehe das nicht. Wieso kommt er nicht raus, der Trottel?«

Er seufzt.

»Aber irgendwann muss ich rein, die Viecher haben auf jeden Fall einen Hunger.«

Er blickt zu Trude.

»Du hör auf zu Grinsen.«

Und glotzt wieder durchs Fenster.

Ahmad sieht den Bauern zügig auf den Stall zukommen und vergräbt sich rasch im Heu.

Der Bauer öffnet das Stalltor, sieht absichtlich nicht hinauf zum Dachboden und beginnt, sogleich die Tiere zu füttern.

Ahmad kauert nervös im Heu. Er traut sich nicht, auch nur die kleinste Bewegung zu machen.

Während der Bauer noch schnell ausmistet, wagt er einen verstohlenen Blick hinauf zum Dachboden.

Dann fährt er mit einer vollen Karre Mist hinaus – lässt das Stalltor jedoch weit offen.

Ahmad lugt vorsichtig über den Rand des Dachbodens – sieht den Bauern mit der Mistkarre wegfahren – und blickt gierig durchs Stalltor zum Tisch mit dem Essen darauf.

Der Bauer verpackt einen kleinen Obstbaum für den Winter mit einer Plane.

Dazwischen ein kurzer Blick zum Stall, vor dem der Hund in der Sonne liegt – ebenso den Stall im Visier.

Die nervigen Ziegen um ihn herum bekommt er gar nicht mit.

Das Essen steht auch noch immer unangerührt auf dem Tisch vor dem Stall.

Bauer und Hund sitzen nachdenklich auf der Veranda.

Wartend starren sie auf den Stall. Ein Schluck Schnaps.

Ahmad starrt wiederum durch einen Wandschlitz zur Veranda.

Über der einsamen Alm bricht allmählich die Nacht herein.

Der Bauer leert seinen Suppenteller. Er hat für zwei gedeckt, doch leider umsonst. Verärgert stellt er den Teller ab.

»So ein sturer Bock.«

Er steht auf, blickt noch einmal aus dem Fenster zum Stall hinüber.

Wütend verlässt er mit dem Hund die Stube Richtung Schlafkammer.

»Dann halt nicht!«

Und dreht das Licht in der Stube ab.

Das bemerkt Ahmad durch den Wandschlitz.

Jetzt ist alles finster und ruhig.

Sogleich macht er sich auf. Er klettert unter leichten Schmerzen die Holzleiter hinunter, schleicht sich an den Tieren vorbei und durchs offene Stalltor hinaus.

Endlich steht Ahmad vor dem Tablett voller Essen.

Er zögert nicht lange, nur ein kurzer Blick – alles ist ruhig.

Schon schnappt er sich Brot, Käse, Eier, Obst, Gemüse und steckt alles in seine Taschen.

Bei Speck und Wurst bleibt er skeptisch und lässt diese lieber stehen.

In der Schlafkammer liegt der Bauer bereits im Bett. Er dreht sich von einer Seite zur anderen.

Er findet keine Ruhe. Zu viele Gedanken gehen ihm durch den Kopf. Schließlich steht er wieder auf.

Das Licht in der Stube geht an.
Ahmad schreckt hoch und verschwindet schnell wieder im Stall.
Zurück bleibt das Tablett mit Wurst und Speck.

Der Bauer steht in der Stube beim Lichtschalter und blickt nachdenklich durch das Fenster in Richtung Stall.
»Schlaf gut«, flüstert er und verschwindet – nach einem Schluck Schnaps – wieder in seiner Schlafkammer.

Auf der Alm bricht ein neuer Tag an.

Der Bauer steht vor dem Stall und starrt auf das abgeräumte Tablett.
»Ist der jetzt am Ende so ein Vegetarischer?«
Er schüttelt verwundert den Kopf.
»Verstehe ich nicht ... dann geb ich's dem Ares.«
Und steckt sich ein Stück Wurst in den Mund, bevor er das Tablett abräumt.

Ein weiteres Mal füttert der Bauer die Tiere und mistet aus – doch diesmal wirkt er ungeduldig, weniger rücksichtsvoll.
Seine gelegentlichen Blicke zum Dachboden hinauf sind schon weniger verhalten, zunehmend fordernd.
Währenddessen hat sich Ahmad im Heu verschanzt, schon etwas weniger nervös – und irgendwie ist er das Verstecken langsam leid.

Vor dem Stall wartet der Hund. Er schaut verdutzt, als der Bauer mit einer vollen Karre Mist murrend an ihm vorbeizieht.
Ahmad beobachtet den Bauern durch einen weiteren Schlitz in der Wand, wie dieser verärgert den Mist wegführt.

Im Stall stellt der Bauer die Schubkarre wieder einmal schräg an der Wand ab, dann blickt er hoch zum Dachboden und ruft:
»Jetzt komm halt endlich runter, du Depp!«

Dann dreht er sich um und geht hinaus. Die Stalltür lässt er offen.

Ahmad ist überrascht, dass der Bauer offensichtlich weiß, dass er sich hier versteckt hat.

Vorsichtig blickt er durch das Dachbodenfenster.

Der Bauer verschwindet in der Hütte, lässt auch diese Tür weit offen stehen.

Vor dem Stall hat der Hund Platz genommen.

Jetzt ist Ahmad am Zug. Dieser überlegt.

Der Hund wacht vor dem Stall – das Stalltor steht nach wie vor weit offen.

Plötzlich spitzt er die Ohren.

Ein unsicheres Knurren.

Da schleicht Ahmad vorsichtig aus dem Stall vor das Tor.

Er hat seinen Rucksack dabei.

Der Hund springt auf.

Ahmad sieht ihm tief in die Augen, geht in die Hocke und streckt seine Hand aus.

Zögernd kommt ihm der Hund entgegen, beschnuppert ihn misstrauisch.

Ahmad berührt den Hund, streichelt ihn.

Ares beginnt mit dem Schwanz zu wedeln und schleckt Ahmads Gesicht ab.

Ahmad zuckt zurück vom strengen Geruch des Hundes.

Ares bellt, diesmal jedoch freundlich.

Sie beginnen, miteinander spielerisch zu kämpfen.

Durch das Fenster verfolgt der Bauer die beiden bei ihrem Spiel - mit einem breiten Lächeln.

Ahmad kann sich endlich vom Hund losreißen – anschließend nimmt er all seinen Mut zusammen.

Er humpelt in Richtung Hütte und über die morsche Holztreppe zur Tür hinein.

Der Hund folgt ihm.

Dann fällt die Tür ins Schloss.

Ahmad steht in der leeren Stube.

Er stellt den Rucksack ab.

Ihm fallen gleich der viele Müll und die Unordnung unangenehm auf.

Ein Jagdgewehr an der Wand.

Wo ist er da?

Dann hört er die sanfte Stimme des Bauern:

»Setz dich hin. Essen ist schon fertig.«

Der Hund verzieht sich zu seinem Platz vor dem Ofen – darauf köchelt ein Gemüseeintopf.

Der köstliche Duft dringt in Ahmads Nase.

Ahmad blickt gierig zum Tisch voller Essen.

Es ist liebevoll für zwei Personen gedeckt – allmählich wird es ihm unheimlich.

Der Bauer humpelt mit einer neuen Flasche Schnaps von der Vorratskammer daher.

Erstmals stehen sie sich gegenüber.

Beiden stockt der Atem.

Keiner weiß, was er tun soll.

Nur langsam wagen sie es, sich ins Gesicht zu sehen.

In den Augen des Bauern erkennt Ahmad zuerst Scham und Bedauern. Was ihn überrascht und ihm selbst die Angst aus den Augen nimmt.

Doch da ist ebenso Freude und Hoffnung in diesem alten, faltigen Gesicht.

Ahmad hält dem erwartungsvollen Blick des Bauern nicht länger stand.

Dieser bemerkt das, will ablenken und hält die Flasche hoch.

»Der ist mit Kräutern von der Mama ihrem Garten. Magst gleich einen?«

Ahmad versucht seinen Worten zu folgen. Er überlegt, dann schüttelt er vehement den Kopf.

Der Bauer stellt die Flasche auf den Tisch.

Ahmad steht regungslos da.

Dann deutet der Bauer auf die Sitzbank.

»Setz dich hin!«

Ahmad zögert, dann setzt er sich. Das beruhigt den Bauern und er widmet sich dem Gemüseeintopf.

Nachdenklich, nach Worten suchend, rührt er darin herum.

Ahmad betrachtet den gedeckten Tisch.

Lieb gemeint, allerdings nicht sauber.

Es ekelt ihn ein wenig und er inspiziert den dreckigen Raum.

Der Bauer bemerkt das, während er zwei Teller mit Eintopf vollmacht.

»Ja ... da schaut's ein bisschen aus. Aber allein ... ich komme ja zu nichts.«

Er stellt die Teller auf den Tisch.

Ahmad sucht akribisch nach Fleisch darin.

Der Bauer bemerkt das und beruhigt seinen Gast.

»Da ist nur Gemüse drin und Erdäpfel. Kein Fleisch.«

Ahmad wiederholt die Worte des Bauern langsam und mit einem leichten Akzent.

»Kein Fleisch.«

Der Bauer schüttelt den Kopf.

»Ich vergifte dich schon nicht.«

Ahmad will ihm glauben und probiert vorsichtig.

Tatsächlich kein Fleisch. Jetzt haut er rein.

Der Bauer schneidet das selbstgebackene Brot auf, freut sich über Ahmads Appetit und späht immer wieder zu ihm hinüber.

Auch er wirkt leicht überfordert von der Situation.

»Wie lang ... bist denn schon so ein Vegetarischer?«

Ahmad versteht nicht und hat den Mund voll.

»Na, passt schon! Iss nur«, lächelt der Bauer.

Sein Drang, ihn auszufragen, ist stark – doch er hält sich zurück, will ihn nicht überfallen.

Ein Blick zum Foto seiner Frau, wo er kurz verweilt – sie dann jedoch ignoriert und Ahmad ein Stück Brot reicht.

Dann räumt der Bauer die leeren Teller ab.

»Es ist noch genug da ... hab's noch nie ohne Fleisch gemacht, aber ist eh nicht so schlecht.«

Während der Bauer weiter über seinen Eintopf philosophiert, wird Ahmad zusehends unruhiger.

Ein leichter Summton.

Die Enge des Raumes, verdreckt und stickig. Die Fliegenfallen an der Decke, das Gewehr an der Wand.

Die verstärkten Geräusche sind schmerzhaft – das Geschirr, der Durchlauferhitzer, das kochende Wasser, das Feuer im Ofen.

Er atmet schneller, beginnt zu schwitzen.

Die Nähe zum Bauern. Sein fordernder Blick.

Das Bellen des Hundes. *Der Summton wird lauter.*

Die totale Überforderung.

Schließlich dreht sich der Bauer zu ihm um:

»Wieso hast du dich im Stall versteckt? Hast Angst gehabt?«

Ahmad schweigt.

»Gesprächig bist aber nicht.«

Ahmad reißt sich zusammen und stammelt leise:

»Bin müde, alter Mann.«

Erst jetzt realisiert der Bauer den körperlichen Zustand von Ahmad. Er ist verschmutzt, erschöpft und zittert.

»Natürlich. Ich bin ein Trottel. Vor lauter ... ich lasse dir ein heißes Bad ein.«

Und verschwindet Richtung Badezimmer.

Ahmad bleibt zurück.

Das Summen in seinem Kopf wird allmählich unerträglich.

Der Bauer weilt neben dem Foto seiner Frau in der leeren Stube.

Er starrt nachdenklich vor sich hin.

Leise antwortet er ihr:

»Keine Ahnung, was mit ihm los ist. Er soll sich erst einmal erholen.«

Ahmad sitzt in der heißen Badewanne, vergräbt das Gesicht in seinen Händen.

Der Summton ist schon wieder leiser.

Er atmet auf, lehnt sich zurück ins heiße, entspannende Wasser.

Am Dachboden ist es dunkel.

Schritte kommen die knarrende Holztreppe herauf.

Die Tür öffnet sich. Das Licht geht an.

Der Bauer steht in der Tür und blickt in den zum Jugendzimmer ausgebauten Dachboden. Etwas staubig, ansonsten überraschend aufgeräumt.

»Ich hab alles so gelassen, wie es war«, sagt der Bauer.

Er tritt in den Raum, macht Ahmad Platz, der vor der Tür wartet.

Der Bauer winkt ihn herein:

»Haben's dich angenagelt?«

Ahmad kommt langsam näher und sieht sich um.

Heavy Metal Poster an der Wand, eine gläserne Bong, das Bett frisch gemacht.

Die übertriebene Gastfreundschaft ist ihm mittlerweile unangenehm.

Er dreht sich zum Bauern, deutet in den Raum:

»Warum?«

Er sucht nach Worten.

»Warum so nett zu mir?«

Der Bauer versteht nicht.

»Ich bin dir nicht böse. Ich freue mich, dass du da bist. Ruh dich jetzt aus. Reden können wir morgen auch.«

Ahmad nickt ihm dankbar zu, findet aber keine Worte. Auch der Bauer weiß im Moment nicht mehr zu sagen, zu überwältigt ist er von der Situation.

Endlich steht sein Junge wieder vor ihm, in seinem Zimmer, nach zehn langen Jahren.

Der Bauer muss sich losreißen.

»Also dann. Schlaf gut!«

»Danke«, sagt Ahmad.

Und es kommt aus tiefstem Herzen.

Mit einem zufriedenen Lächeln verlässt der Bauer den Raum und schließt behutsam die Tür.

Ahmad steht noch eine Weile da, dann lässt er sich aufs Bett fallen.

Die weiche Matratze tut gut und er wickelt sich wie ein kleines Kind in die dicke Decke ein.

Seine Situation begreift er noch immer nicht, doch lange vermag er nicht darüber nachzudenken.

Seine Anspannung entweicht und bald schläft er ein.

Der Bauer liegt im Bett und starrt an die Decke der Schlafkammer.

Sein lang gehegter Traum hat sich endlich erfüllt.

Der Hund, der es sich am Boden neben dem Bett bequem gemacht hat, bleibt allerdings skeptisch.

»Er ist endlich wieder da, Ares. Mein Bub ist zurück«, sagt der Bauer leise und mit Glückstränen in den Augen.

Und mit einem befreienden Seufzer schließt er sie.

Dann huscht ein kurzes, aber breites Grinsen über sein Gesicht, bevor auch er einschläft.

SCHLUCHTENSCHEISSER

Im Licht der Außenscheinwerfer gleitet ein Eisstockkegel über das Eis und lässt alle anderen Kegel hinter sich.

Die kleine Gruppe von Eisstockschiebern jubelt und applaudiert.

Kathi freut sich über ihren gelungenen Schuss.

»Jetzt bin ich ja gespannt, was die Exekutive macht.«

Hinter ihr positioniert sich Gerhard, der fünfzigjährige Polizist – groß und stämmig – mit seinem Kegel.

»Geh aus dem Weg, Kräuterhex!«

Sie grinst.

Er holt aus, läuft, rutscht aus und knallt mit dem Hintern aufs Eis.

Mitleid, doch hauptsächlich hämisches Gelächter seines Publikums.

»Jetzt hat's ihn aber aufgeschmissen!«, ist von einer der Eisstockschieberinnen zu hören.

Kathi hilft Gerhard hoch.

»Aufpassen, man weiß nie, wann man eine Kräuterhexe braucht.«

Er grinst. Holt seinen Kegel. Schießt noch einmal.

Er erreicht den Kegel von Kathi aber nur knapp.

Gespielte Anteilnahme von Kathi.

Nun ist die ehrgeizige Bürgermeisterin mit ihren dreißig Jahren an der Reihe. Sie wirkt kühl – und frech spricht sie Kathi an:

»Und? Was hat der Bauer gesagt?«

Kathi muss schmunzeln.

Die ungeschminkte Wahrheit würde die Bürgermeisterin wohl nicht vertragen.

»Also ... es geht ihm prächtig ... und er lässt euch alle ganz lieb grüßen«, sagt sie stattdessen.

Vereinzeltes Lachen unter den versammelten Bewohnern des Dorfes.

»Na, das hat er sicher nicht gesagt!«, meint einer von ihnen, der den Bauern wohl näher kennt.

»Sehr lustig«, sagt die Bürgermeisterin und schießt ihren Kegel übers Ziel hinaus. Applaus.

»Super, Gruberin!«, hört man die dreiundzwanzigjährige Hertha, die zierliche Kollegin des Polizisten, vom nahegelegenen Glühweinstand herüberrufen.

Die bodenständige Wirtin Mitte fünfzig bringt eine Kiste Wein vom geparkten Kleinbus.

Sie wirkt forsch und einschüchternd.

»Geh, Hertha! Musst dich nicht so einschleimen bei der Bürgermeisterin«, macht sie sich über diese lustig.

Michi schenkt hinter dem Stand ein paar Leuten Glühwein aus.

»Warum lasst ihr den Bauern nicht einfach in Ruhe da oben?«, fragt er verärgert.

»Du sollst ausschenken und nicht mit den Leuten diskutieren«, fährt die Wirtin ihren Sohn an.

Michi ignoriert sie:

»Der Bauer tut doch niemandem etwas.«

Die Bürgermeisterin nähert sich dem Stand.

»Mein Papa hat mir alles über unseren Almöhi erzählt. Irgendwann bricht er sich da oben das Genick oder irgendwer fliegt von seinem blöden Lift ... und ich bin schuld.«

Sie nimmt einen kräftigen Schluck von ihrem Glühwein.

»Du scheißt dich ja nur an, weil der Lift zum Teil auf deinem Grund steht«, entgegnet ihr Michi.

Die Bürgermeisterin gibt sich übertrieben besorgt.

»Blödsinn. Der Bauer ist eine Gefahr für sich selbst« und zu Kathi: »Du hast doch auch gesagt, dass er von sich aus keine Hilfe annimmt.«

Kathi ist das unangenehm.

Jetzt mischt sich Gerhard ein.

»Ja, aber du kannst nicht einfach so über ihn drüberfahren, Gruberin.«

Michi legt noch eins nach.

»Der Bauer ist ihr doch wurscht. Sie will ja nur das durchsetzen, was ihr Papa schon nicht geschafft hat.«

Ein böser Blick der Bürgermeisterin.

Das bemerkt die Wirtin.

»Michi, jetzt reicht es.«

Kathi versucht, die Situation zu entschärfen.

»Beim Bauern muss man ganz behutsam sein. Schnell geht da gar nichts. Er ist halt ein sturer Bock.«

»Also! Dann muss ihm halt geholfen werden. Notfalls entmündigen«, sagt die Bürgermeisterin.

Kathi und Michi tauschen einen kritischen Blick.

»So leicht geht das aber nicht, Gruberin«, lacht Gerhard.

»Was habt ihr alle an dem alten Tschecheranten gefressen? Steht ihr vielleicht in seinem Testament?«, scherzt die Bürgermeisterin.

Jetzt wirft Michi den Schöpfer in den Glühweintopf und verlässt angepisst den Stand – gerade wo Hertha an der Reihe gewesen wäre.

Sie sieht ihm enttäuscht nach.

»Ja, hallo ...?«

Die Wirtin übernimmt den Stand und schenkt Kathi einen Glühwein ein.

»Über den Bauern lässt der Michi nichts kommen. Das war schon immer so«, seufzt die Wirtin.

Kathi nickt.

»Und wundert dich das?«, fragt sie.

Doch die Wirtin antwortet nicht, zuckt nur mit den Achseln.

Kathi sieht Michi nach, der sich schon ziemlich von ihnen entfernt hat.

»Mich wundert es nämlich nicht«, sagt Kathi leise zu sich selbst.

JOSCHI

Dunkelheit. Ein Summton. Ein Durcheinander aus befremdlichen Geräuschen und hasserfüllten Stimmen. Plötzlich Angstschreie. Dann das Krähen eines Hahnes.

Ahmad windet sich im Schlaf. Spricht unverständliches Arabisch.
Der Hahn kräht erneut.
Jetzt erwacht Ahmad aus seinem Albtraum.
Er besinnt sich, rafft sich auf – beinahe schon schmerzfrei.

Ahmad steht vor einer Wand mit Fotos des Bauern aus glücklicheren Tagen.
Auf einer der Fotografien ist ein junger Mann als Bandmitglied in Heavy Metal Outfit zu sehen – zusammen mit dem jüngeren Michi.
Ein weiteres Foto zeigt den jungen Mann beim Bergsteigen, ein anderes am Hof mit den Tieren – und eines zeigt ihn zusammen mit dem Bauern auf der Veranda.
Ahmad erkennt die Ähnlichkeit zwischen dem jungen Mann und sich selbst – und da geht ihm ein Licht auf und ihm wird klar, für wen der Bauer ihn hält.
Jetzt ergibt das Verhalten des alten Mannes auch einen Sinn.
Aber normal ist das trotzdem nicht.
Ahmad schnappt sich seinen Rucksack.

Ahmad kommt in seinen alten Klamotten die Holztreppe herunter, seinen Rucksack umgeschnallt.
Am Tisch wartet schon das Frühstück auf ihn. Er hat zwar Hunger, doch will er sich nicht länger dieser merkwürdigen Situation aussetzen.
Er lässt das Frühstück stehen und geht am Fenster vorbei, durch welches er den Bauern erblickt, wie dieser sich gerade beim Misthaufen mit einer Schubkarre abmüht.
Ahmad beobachtet ihn mit gemischten Gefühlen.

Der Bauer ist viel zu alt für diese schweren Arbeiten. Auch fällt ihm auf, dass er humpelt und offensichtlich Schmerzen beim Gehen hat.

Ahmad kommt aus der Hütte auf die Veranda. Er stellt seinen Rucksack ab – gerade als der Bauer mit einer vollen Mistkarre beschwingt aus dem Stall kommt.
Der Bauer bemerkt den Rucksack und bleibt stehen.
Seine Leichtigkeit verschwindet mit einem Mal und Enttäuschung macht sich breit.
Doch er lässt sich seine Betroffenheit nicht anmerken und fährt zügig weiter.

Wütend zwingt der Bauer den Mistkarren über das Holzbrett, welches auf den Misthaufen führt.
Er ist zu energisch und sein Knie meldet sich noch dazu. Er droht umzukippen – da kommt ihm plötzlich Ahmad zu Hilfe. Er übernimmt die Karre und leert sie schwungvoll aus.
»Ich mache das«, sagt Ahmad bestimmend.
Der Bauer lässt sich seine Überraschung nicht anmerken.
Er wirkt beleidigt – vermag Ahmad nicht in die Augen zu sehen – und lässt ihn beim Misthaufen alleine.
Ahmad ist irritiert über diesen plötzlichen Abgang.

Mit einer Karre voller Mist fährt Ahmad vom Stall zum Misthaufen, während der Bauer einen weiteren kleinen Baum einwintert.
Er beobachtet dabei Ahmad bei der Arbeit, dessen Fuß nun wieder ganz geheilt zu sein scheint.
Er schweigt, doch innerlich brodelt es.
Ein ängstlicher Blick zum Rucksack auf der Veranda, wo jetzt auch der Hund Platz genommen hat.
Dann geht der Bauer weiter in Richtung Stall.

Ahmad ist fertig mit dem Ausmisten, stellt die Schubkarre ab, geht zum Brunnen und stillt seinen Durst mit dem eisigen Wasser.
Da entdeckt er den Bauern, wie dieser daran scheitert, die Leiter zum Stalldach hochzuklettern.

Ahmad empfindet Mitleid mit dem hilflosen und überforderten alten Mann, der schließlich aufgibt, Werkzeug und Schindeln fallen lässt, schimpfend über den Hof humpelt und hinter der Almhütte verschwindet.

Ahmad blickt zum Dach hinauf, dann zum Rucksack auf der Veranda und wieder zurück zum Dach. Ein tiefer Seufzer.

Schon schnappt er sich Werkzeug und Schindeln – und klettert die Holzleiter hinauf.

Oben angekommen gönnt er sich einen kurzen Moment und starrt auf das beeindruckende Panorama.

Die hohen Berge, die unberührte Natur. Ahmad genießt die wohltuende Ruhe in dieser Abgeschiedenheit.

Kurz schließt er seine Augen. Kein Summen.

Ahmad atmet aus. Er öffnet seine Augen wieder.

Dann macht er sich an die Arbeit.

Ahmad hat seine Winterjacke an und schnappt sich den Rucksack von der Veranda.

Er schaut sich um – vom Bauern keine Spur.

Da hört Ahmad den Bauern hinter der Hütte. Und er klingt irgendwie verzweifelt.

»Er braucht Hilfe ... das sehe ich doch! Aber wie soll ich, wenn er seinen Mund nicht aufmacht? Wo war er? Was ist passiert? Und wo will er jetzt schon wieder hin, der Bub?«, jammert der Bauer.

Ahmad schleicht sich neugierig näher. Mit wem unterhält sich der alte Mann da?

Die Stimme des Bauern wird lauter.

»Er muss mir ja eh nichts erzählen, wenn er nicht will.«

An der Ecke bleibt Ahmad stehen und hört dem Bauern aufmerksam zu. Dieser kauert im Kräutergarten am Boden – schwach und hilflos.

»Wieso ist er zurückgekommen, der Depp, wenn er sich gleich wieder schleicht? Das kann er mir nicht antun.«

Sein Blick wird steinern.

»Noch einmal halt ich das nicht aus.«

Ahmad hat den Bauern zwar nicht vollständig verstanden, doch hat er einmal mehr Mitleid.

Mit hängenden Schultern trottet der Bauer vom Kräutergarten zur Veranda – der Rucksack ist weg.

Von Ahmad nichts zu sehen. Der Bauer ist am Boden zerstört.

Enttäuscht und traurig blickt er in die Ferne. Verbitterung macht sich wieder breit.

Schließlich dreht er um und verschwindet in der Hütte.

Der Bauer lässt gesenkten Hauptes die Tür ins Schloss fallen, da hält er plötzlich inne.

Auf dem Boden vor sich liegt der Rucksack.

»Joschi?«, kommt es ihm plötzlich über die Lippen.

»Ich bin nicht dein Joschi« stellt Ahmad richtig.

Er sitzt beim gedeckten – und saubereren – Frühstückstisch. Der Hund zu seinen Füßen.

»Wie du willst«, grinst der Bauer, »Hauptsache, du bleibst.«

Ahmad ist sich nicht sicher, ob der Bauer verstanden hat, was er ihm eben gesagt hat.

ANGEKOMMEN

Der Bauer humpelt schwerfällig von der Hütte über den einsamen Hof zum Stall. Er inspiziert den reparierten Dachteil.

»Und? Gut?«, macht sich Ahmad beim Bauern bemerkbar.

Der Bauer nickt.

Neben ihm steht Ahmad – in Joschis alten Sachen. Akribisch begutachtet der Bauer das Werk von Ahmad.

Und es bleibt ihm nichts anderes zu sagen, als »Ja. Gut!«

Beide blicken zufrieden nach oben auf das reparierte Stalldach.

Der Bauer entspannt sich in der Stube mit einem Schnäpschen vor dem Ofen.

Am Tisch sitzt Ahmad, sein Blick auf die Tasse Tee vor ihm gerichtet. Dazwischen der Hund, der sich erst an die neue Situation gewöhnen muss.

Ahmad wirkt angespannt, stiehlt immer wieder zum Bauern hinüber, bis dieser schließlich einnickt.

Nun wagt Ahmad einen langen, prüfenden Blick auf den Bauern.

Schlafend wirkt dieser durchaus sympathisch. Wer ist dieser alte Mann? Und was will er?

Ahmad bleibt misstrauisch.

Auf der Weide wintern der Bauer und Ahmad weitere Bäumchen ein.

Ahmad beobachtet ihn genau – er ist geschickt und setzt die Arbeiten gekonnt um, was der Bauer mit Freude und Stolz zur Kenntnis nimmt.

Unverständliches Stöhnen aus dem Plumpsklo, welches so aussieht, als würde es jeden Moment in sich zusammen fallen.

Plötzlich stürmt Ahmad daraus hervor – angewidert zielt er Richtung Holzbrunnen. Murmelt auf Arabisch leise in sich hinein. Er schüttelt sich vor Ekel über den Geruch, möchte sich fast übergeben.

Von der Ferne hört man den Bauern lachen.

Bauer und Ahmad stehen im Stall und betrachten die Tiere, die friedlich vor sich hin fressen. Eines der Schafe ist trächtig.

»Die Eirene wird jetzt bald einmal werfen. Die meisten kennst du eh noch von früher« und deutet zu jenem Schwein, das Ahmad schon einmal das Schrecken gelehrt hat.

»Die Rhea ...«, dann verweist der Bauer auf eines der Schafe, »Dann die Diana ist auch schon alt ...«, weiter auf die Kuh, »Ja, und die Gaia natürlich!«

»Gaia«, wiederholt Ahmad.

»Nur die Ziegen sind alle neu. Die tragt mir der Ares noch immer nach.«

Dieser meldet sich auch gleich, als würde er die Aussage bestätigen wollen.

»Gell, Ares? Der ist jetzt auch schon fast zehn Jahre da.« Er lacht.

»Poldi haben sie ihn ursprünglich genannt. Aber ich habe gleich gewusst, das ist kein Poldi. Er hat das Gesicht eines Kriegers ... hat mir sehr geholfen ... weiß nicht, was ich ohne ihn gemacht hätte.«

Er verliert sich in seinen finsteren Gedanken. Ahmad bemerkt das.

»Die Tiere ... die Namen ... alle griechisch?«

»Ja, klar! Was denn sonst?«

Er lacht kurz auf, schüttelt den Kopf und lässt Ahmad verwirrt zurück.

Ahmad verscheucht die Ziege, welche wieder einmal auf Ares herumhüpft. Doch damit nicht genug. Ahmad bleibt vor dem Hund stehen und fixiert ihn mit seinem Blick.

»Sorry, Freund!«

Der Hund spitzt. Ahmad grinst und hebt ihn hoch.

Der Bauer beobachtet beide neugierig – nimmt einen Schluck vom Flachmann.

Schon landet der Hund in der Badewanne – und wird von Ahmad von oben bis unten eingeseift, abgeschrubbt und abgeduscht. Dabei spricht er ihm beruhigend zu:

»Gut so ... braver Ares ...«

Doch lange lässt der Hund das nicht über sich ergehen – er entkommt

Ahmads Griff, hüpft aus der Wanne und schüttelt sich rücksichtslos das Wasser ab.

»Nicht! Nein! Böser Ares, böser Ares!«, ruft Ahmad ihm nach, doch Ares hat sich bereits in Sicherheit gebracht.

Im Stall bürsten Ahmad und der Bauer zusammen das Fell von Gaia. Jeder eine Seite des Tieres.

In der Werkstatt beäugt Ahmad den Bauern, wie dieser seine Schnaps-Brennanlage überprüft, dann eine neu abgefüllte Flasche mit einem handbeschriebenen Etikett beklebt und zu den vielen anderen Schnaps-flaschen ins Regal stellt.

Ahmad liest vom Etikett:

»Latschen ... kie ... fer. Latschenkiefer!« und schüttelt den Kopf bei diesem Wort.

Der Bauer lacht.

»Lesen war noch nie deine Stärke.«

Eine alte Aluleiter wird an einen mittelgroßen Baum gelehnt – Ahmad klettert hinauf und befestigt ein Stahlseil am Stamm.

»Gut! Und jetzt komm wieder runter.«

Ahmad folgt den Anweisungen des Bauern mittlerweile bedingungs-los, aber nicht ohne Protest.

»Rauf ... runter ... rauf ... runter!«

»Ja, jetzt siehst du, wie es mir immer geht«, lacht der Bauer kalt und gibt Ahmad das Zeichen, mitzukommen.

Das andere Ende des Seils ist an einem zweiten Baum befestigt. Der Bauer spannt das Seil mittels Seilspanner. Dann entfernen beide stö-rende Äste vom unteren Baumbereich.

Ahmad betrachtet das Seil, welches die Fallrichtung des Baumes bestimmt.

Da greift sich der Bauer die Motorsäge. Nach mehreren Versuchen springt sie auch endlich an.

Ahmad schreckt unter dem plötzlichen Geräusch zusammen. Der Bauer schneidet einen ersten Keil aus dem Stamm, dann macht er sich an die gegenüberliegende Seite.

Das Sägegeräusch verschafft Ahmad jedoch extremes Unbehagen. Er hält sich die Ohren zu, doch das hilft nicht wirklich.

Schon neigt sich der Baum leicht.

»Achtung ... gleich ist es so weit ...«, schreit der Bauer Ahmad zu und »Baum fällt!«

Da hält es Ahmad nicht länger aus und läuft über die Weide in Richtung Hütte davon – was den Bauern überrascht.

»Joschi?«, wundert sich der Bauer und schaltet die Säge aus.

Da fällt auch schon der Baum krachend zu Boden.

Ahmad döst in der Sonne auf der Veranda. Von einiger Entfernung betrachtet ihn der Bauer – glücklich, aber auch voller Sorge. Wie ist dem jungen Mann nur zu helfen?

In der Stube kocht Ahmad ein arabisches Gericht. Der Bauer ist skeptisch. Als er es serviert bekommt, probiert er es nur vorsichtig – es ist köstlich. Der Bauer haut rein – Ahmad freut sich darüber. Dem Hund läuft das Wasser im Mund zusammen. Und auch er bekommt eine Schüssel davon.

Der Bauer sitzt auf einem Strohballen und massiert sich sein Knie.

»Nie zur gleichen Zeit füttern, sonst gewöhnen sie sich dran und schreien nach dir ...«, erklärt der Bauer.

Ahmad füttert derweilen die Tiere im Stall. Er spricht zu ihnen in leicht gebrochenem Deutsch.

»Nicht drängen, Pluto ... gut so ... lass dir nur nichts gefallen, Hestia ... Diana, du ...« Er überlegt kurz, dann – »Gfrastsackl!«

»Ha!«, lacht der Bauer zustimmend.

Ahmad beginnt, die Schimpfworte des Bauern zu übernehmen, und das gefällt dem Bauern. Er nippt vom Flachmann. Sein Alkoholmissbrauch fällt Ahmad allmählich ungut auf.

Mit einer Gabel voller Heu kommt Ahmad aus dem Stall und wirft es zum restlichen Heu auf einen kleinen Transportschlitten.

»Langt schon.«

Ahmad versteht nicht.

»Das reicht. Ziehen musst ihn ja auch noch.«

Ahmad legt die Heugabel weg, richtet sich seine Winterjacke und setzt sich eine Strickhaube auf. Der Bauer befestigt das Stroh mit einem Seil – dann hängt er sich sein Jagdgewehr um. Ahmad hat keine Ahnung, was der Bauer vorhat.

Der Bauer stapft mit seinem Wanderstock den verschneiten Waldweg hinauf. Gefolgt von Ahmad, der den Schlitten mit Heu hinter sich herzieht – noch immer gespannt, wo es hingeht. Der schmale Weg führt sie durch einen dichten Wald.

Plötzlich bleibt der Bauer stehen.

»Wart!«

Ahmad hält an, verschnauft. Er mustert den Bauern, der trotz seines Alters eine bessere Kondition hat als er.

»Pause machen?«, schnauft Ahmad.

»Ruhig«, flüstert ihm der Bauer zu.

Ahmad bemerkt den ernsten Blick des Bauern, der auf das dichte Gehölz vor ihnen gerichtet ist – plötzlich knackende Geräusche ... und Grunzen.

Nervös blickt Ahmad zum Bauern.

»Jetzt ganz ruhig«, sagt dieser leise und holt langsam das Gewehr von der Schulter.

Ahmad wird immer unruhiger und nähert sich dem Bauern ein wenig.

Da taucht in einiger Entfernung ein großes Wildschwein vor ihnen auf – gefolgt von zwei Jungtieren.

»Wenn die Kinder haben, dann musst aufpassen. Die verteidigen ihren Nachwuchs mit ihrem Blut«, sagt der Bauer ganz leise.

»Aufpassen«, flüstert Ahmad mit Panik in den Augen.

Der Bauer und Ahmad stehen wie angewurzelt da. Der Bauer zielt auf das große Tier. Doch nur kurz nehmen die Wildschweine Notiz von den beiden, während sie den Weg überqueren und wieder im Gehölz verschwinden.

Erleichtert senkt der Bauer das Gewehr ab. Ahmad steht noch immer unter Schock.

»Was ist? Genug Pause gemacht«, lacht der Bauer und zieht weiter.

Ahmad sieht sich noch einmal nach den Wildschweinen um, dann folgt er dem Bauern mit weichen Knien.

Endlich erreichen der Bauer und Ahmad mit dem Schlitten die verschneite Waldlichtung mit Futterständen. Unter Anweisungen des Bauern verteilt Ahmad das Heu auf die Stände.

»Normalerweise kommen die gleich raus. Aber deinen Geruch kennen sie noch nicht«, sagt er in einem fast vorwurfsvollen Ton.

Etwas später haben sich der Bauer und Ahmad am Rande der Waldlichtung platziert. Sie warten schon eine Weile in der Kälte.

»Da! Damit du mir nicht erfrierst.«

Der Bauer gießt Tee aus einer Thermoskanne in die Kappe und reicht sie Ahmad.

Dessen Gesichtsausdruck erhellt sich, als sich eine kleine Gruppe von Rehen und Hirschen aus dem Wald auf die Lichtung wagt und sich über das frische Heu hermacht.

Ahmads Herz geht auf, als er die schönen Tiere betrachtet – und auch das des Bauern, der Ahmad dabei beobachtet.

Der Bauer trottet den Waldweg zurück – gefolgt von Ahmad, der den leeren Schlitten hinter sich herzieht. Da hält der Bauer inne und dreht sich langsam zu Ahmad um. Dieser bleibt stehen. Das Grinsen des Bauern ist ihm unheimlich.

Der Bauer hat vorne auf dem Schlitten Platz genommen.

»Na komm! Ich hab einen Hunger!«, ruft er.

Ahmad setzt sich zögerlich hinter ihn auf den Schlitten dazu.

»Also dann!«, schreit der Bauer und schiebt an.

Ahmad krallt sich am Bauern fest. Schon schießen sie auf dem Schlitten den verschneiten Waldweg hinunter. Der Bauer lenkt mit seinen Füßen. Er hat Spaß dabei, auch wenn sein Knie schmerzt. Ahmad hat anfänglich noch gemischte Gefühle, doch bald kann auch er die Fahrt genießen.

Der Weg wird steiler, die Kurven enger – und der Schlitten immer schneller.

»Zu schnell!«, schreit Ahmad.

»Zu schwer!«, ruft der Bauer zurück.

So sehr beide auch dagegen ankämpfen, die Kurve vor ihnen schaffen sie nicht mehr. Sie kippen mit dem Schlitten um, rutschen weiter und landen in einem großen Schneehaufen abseits des Weges.

Kurze Stille.

Doch schon bald können sie sich aus dem Schneehaufen befreien.

Dann brechen beide in lautes Gelächter aus, welches in der friedlichen Winterlandschaft verhallt.

VERÄNDERUNG

Ahmad hat das Eingangszauntor repariert und schließt es von innen. Ein kurzer Blick in die Berge. Er fühlt sich allmählich richtig wohl hier. Dann trottet er zufrieden in Richtung Hütte. Davor sind Ahmads Klamotten und die des Bauern gemeinsam zum Trocknen in der Kälte aufgehängt.

Mit einem Korb Feuerholz kommt Ahmad von draußen in die Stube und legt Holz nach. Anschließend setzt er sich zum Ofen neben den Bauern.

Dieser bietet ihm einen Schluck Schnaps an. Doch Ahmad lehnt ab und reicht ihm eine Tasse Tee. Der Bauer ist wenig begeistert und schüttet sich etwas Schnaps in den Tee. Ahmad schüttelt verständnislos den Kopf.

Unruhig wälzt sich Ahmad in seinem Bett hin und her. Ein weiterer Albtraum quält ihn. Ein Schrei. *Ein Summen.* Er reißt die Augen auf, wischt sich die Tränen aus dem Gesicht.

Ahmad spaziert über den Hof. Er genießt die Ruhe. An einer sonnigen Stelle setzt er sich hin, lehnt sich zurück und stützt sich mit den Ellbogen auf. Plötzlich durchzieht ein heftiger Schmerz seinen linken Unterarm.

Er schreit auf und fährt hoch. Er hat sich auf einen rostigen Nagel gelehnt, der aus einem herumliegenden Brett ragt. Mit voller Wucht und impulsivem Zorn schleudert er das Brett über den Hof und auf die Weide.

Die Wunde am linken Unterarm ist nur klein und blutet nicht stark, dennoch hat er jetzt genug.

Sein Blick wandert über den zugemüllten Hof.

Auf Arabisch murmelt er:

»So kann doch kein Mensch leben.«

Ein kaputter Stuhl landet neben dem Brett mit dem Nagel. Dann weitere Bretter und Kisten, alte Äste, diverser brennbarer Unrat.

Von der Veranda aus wundert sich der Bauer über Ahmad – der gerade einen alten Tisch zertrümmert und die Teile auf den Haufen wirft. Dieser hat mittlerweile ein beachtliches Ausmaß angenommen.

Ahmad kommt mit einem Kübel voller Flaschen aus der Stube auf die Veranda und sammelt zusätzlich die Flasche neben dem Bauern ein.
»Da ist noch was drin!«, schreit ihn der Bauern an und entreißt sie ihm wieder.

Ahmad schwirrt mit einem großen Müllsack durch die Stube und wirft allerlei Sachen weg. Der Bauer folgt ihm dabei misstrauisch, versucht zu kontrollieren, was im Müll landet. Doch Ahmad ist gnadenlos und ignoriert ihn so gut wie möglich.

Mittlerweile ist es Nacht. Der Müllhaufen wird entzündet. Das Feuer beleuchtet die winterliche Umgebung. Ahmad harrt vor dem brennenden Müllhaufen und starrt in die Flammen, wärmt sich – der Hund daneben. Der Bauer stellt sich humpelnd dazu. Ein Schluck aus dem Flachmann.
»Magst auch, Joschi?«
Ahmad will etwas sagen, überlegt es sich aber anders und schüttelt den Kopf.
Der Bauer lacht, »Bleibt mir mehr« und nimmt einen weiteren kräftigen Schluck, was Ahmad mit Stirnrunzeln kommentiert.
Beide starren sie ins Feuer.
Der Bauer seufzt zufrieden.
»Was braucht der Mensch mehr ...«
Ahmad streckt seine Hände nach dem Feuer aus.
Er hat die Ärmel seiner Winterjacke hochgekrempelt und so bemerkt der Bauer die frische Wunde am linken Unterarm.
»Hast dich verletzt?«
»Nur ein Kratzer«, beruhigt ihn Ahmad.
Sie starren wieder ins Feuer. Ein Gegenstand flammt auf.

Der Bauer sitzt entspannt auf der Veranda, nippt vom Flachmann. Da öffnet sich die Tür und Ahmad kehrt den Staub aus der Stube auf die Veranda und von dort weiter ins Freie. Damit verscheucht er auch den Bauern.

Der Bauer döst vor dem Ofen. Da fällt etwas von der Decke, verfehlt ihn nur knapp.

Er öffnet die Augen – da steht Ahmad auf der Küchenzeile und holt mit einem Besen die alten Fliegenfallen von der Decke.

Eine davon fällt dem Bauern auf die Schulter. Angeekelt versucht er, den klebrigen Streifen mit Fliegenresten darauf loszuwerden.

Ihre ernsten Blicke treffen sich.

Die Putzaktion geht weiter. Behutsam befreit Ahmad das Foto der freundlichen Frau vom Staub, dann reinigt er den CD-Player.

Da entdeckt er die CD von Joschi.

»Was ist *Teufelsmusik*?«, fragt Ahmad und hält sie dem Bauern hin, der gerade Kartoffeln für die Tiere zermatscht.

Dieser wirkt genervt.

»Ja, was glaubst? Das ist die Platte von dir und vom Michi!«

Ahmad begreift.

»Ich hab nicht gewusst, wie das heißt, also hab ich draufgeschrieben, was es ist«, rechtfertigt sich der Bauer.

Ahmad ist neugierig, nähert sich dem CD–Player.

Der Bauer erinnert sich:

»Die ganzen Rehe habt ihr mir verscheucht mit eurem Lärm. Dabei war die Mama so musikalisch ... die hätte eh der Schlag getroffen, wenn sie euch gehört hätte ... spätestens dann.«

Ahmad hat mittlerweile die CD eingelegt – und drückt Play.

Ohrenbetäubende Heavy Metal Musik dröhnt durch den Raum, der Bauer schreckt hoch – Ahmad ebenso. Der Hund heult laut mit.

Ahmad muss mehrmals auf den Knopf drücken, bevor die Musik endlich ausgeht.

Mit »Ares, Schnauze!«, bringt der Bauer auch den Hund zum Schweigen.

Ahmad blickt auf die Hülle.

»Verstehe! Teufelsmusik ...«

Jetzt hat der Bauer genug und schiebt den Kübel von sich fort.

»So, jetzt reicht's! Das ist ja ein Irrenhaus.«

Er schnellt hoch und will sich den Hund schnappen.

»Komm, Ares! Wir gehen!«

Doch der denkt nicht dran und setzt sich demonstrativ neben Ahmad.

»Brutus hätte ich dich nennen sollen!«, zischt der Bauer.

Er holt seine Jacke. Ein kurzes Zögern – schließlich greift er nach dem Jagdgewehr. Ahmad stutzt. Der Bauer funkelt Ahmad an:

»Aber das greifst du mir nicht an!«

Dann verschwindet aus der Hütte und schlägt die Tür zu.

Schimpfend hört man ihn von draußen über die Weide in Richtung Wald verschwinden. Ahmad muss lachen. Er streichelt den verwirrten Ares und erklärt ihm auf Arabisch: »Dein Herr ist verrückt.«

Die Alm wirkt irgendwie verlassener als sonst. Kein einziges Geräusch ist zu hören.

Ahmad sitzt alleine in der Stube und starrt vor sich hin. Alles ist ruhig. Zu ruhig. *Ein leichter Summton kommt auf.*

Sogleich steht Ahmad auf, geht zum Radio und schaltet es ein, um sich abzulenken. Er sucht einen passenden Sender:

Volksmusik ... eine Messe ... volkstümliche Musik ... und dann ... Schlagermusik.

Ahmad ist zuerst skeptisch, doch bald gefällt ihm, was er da hört und putzt – zum Schlager tanzend – weiter. Dabei wiederholt er laut singend die Worte der Sängerin: »Atemlos durch die Nacht ...«

Auch das Bad ist nun sauber. Ahmad wäscht sich seine Hände – die Wunde am Unterarm ist größer geworden und schmerzt. Er erfrischt sich das Gesicht, blickt in den Spiegel, fährt sich durch seinen wilden Bartwuchs.

Im Radio verkündet eine weibliche Stimme die Nachrichten:

»Und jetzt zum Wetter. Der Winter hält jetzt langsam Einzug ins gesamte Land. Mit Schneewarnungen besonders für die höher gelegenen Bergregionen ...«

Der Bauer marschiert über die Weide daher, das Gewehr am Rücken – er wirkt bereits wieder viel entspannter.

Er kommt bei der Hintertür der Hütte herein. Schon im Gang sieht es ungewöhnlich aufgeräumt aus. Den Bauern erfreut das gar nicht:

»Wie schaut es denn da aus?«

Er überprüft seine Schlafkammer – auch hier herrscht wieder Ordnung, blitzt alles vor Sauberkeit.

»Das ist doch krank.«

Der Gesichtsausdruck des Bauern verfinstert sich zusehends.

Vorsichtig öffnet er die Vorratskammer – und tatsächlich – alles platzsparend eingeschlichtet.

»Geh bitte! Wie soll ich da noch was finden?«

Dem Bauern wird unwohl – was hat er sonst noch alles angerichtet?

Die Stube ist ebenso in bestem Zustand. Alles wirkt heller und freundlicher. Am Ofen köchelt ein Eintopf vor sich hin. Am Tisch stehen jede Menge angebrochene Schnapsflaschen. Schön sortiert.

»Trude, Trude, Trude! Was hat er gemacht, der Wahnsinnige?«, ruft der Bauer verzweifelt zu seiner Frau auf dem Foto. Und auch Trude lächelt ihm durch ein geputztes Glas auf einer sauberen Kommode entgegen.

Beinahe ängstlich tritt der Bauer auf die Veranda – auch hier alles lupenrein. Er blickt über den ebenfalls aufgeräumten Hof – da läuft der Hund bellend auf ihn zu und begrüßt ihn mit wedelndem Schwanz.

»Ja, Ares! Ich weiß, der ist verrückt ... genau wie seine Mutter.«

Er setzt sich hin und hält am Hof nach Ahmad Ausschau – der Hund folgt seinem Beispiel.

Da schleicht sich Ahmad aus der Stube und setzt sich zu den beiden dazu. Die starren ihn mit großen Augen an. Ahmad ist frisch rasiert und die Ähnlichkeit zu Joschi ist, trotz des Altersunterschiedes, jetzt noch verblüffender.

»Bist endlich fertig?«, mustert ihn der Bauer genau.

»Gern geschehen!«, antwortet Ahmad.

Dann blicken sie in die Umgebung. Beide können ihr Grinsen nicht verbergen. Wortlos, aber zufrieden, genießen sie gemeinsam den Sonnenuntergang.

WUNDEN

Ein Wassertropfen nach dem anderen fällt aus der Leitung und schlägt im Becken des alten Holzbrunnens auf.

Ahmad bemerkt das Geräusch – obwohl er einige Meter entfernt die Wäsche aufhängt. Eine Fliege dröhnt an ihm vorbei. Die Hühner gackern. Der Hund beginnt wieder einmal ohne Grund in den Wald zu bellen.

Ahmad nimmt die Geräusche der Tiere und der Umgebung immer stärker wahr – verfälscht, unangenehm und bedrohlich – fast so, wie in seinen Träumen. *Ein leichter Summton macht sich wieder breit.* Jetzt unterbricht Ahmad seinen monotonen Bewegungsablauf.

Plötzlich ein ohrenbetäubendes Geräusch, welches ihm die Sinne raubt. Der Bauer hat die Motorsäge angeworfen und zerkleinert damit alte Baumstämme.

Er trägt Ohrenschützer, hört selbst nichts. Doch als er aufblickt, bemerkt er, wie Ahmad zu Boden geht. Er windet sich wie unter Schmerzen, hält sich die Ohren zu. Schließlich springt er auf und läuft in den Stall.

Der Bauer schaltet die Säge aus, legt die Ohrenschützer ab. Er ärgert sich über sich selbst. »Schön blöd hast geheiratet, Trude« und geht in Richtung Stall. Ares bellt. »Halt die Schnauze, Ares!« Der Hund verstummt sogleich.

Der Bauer betritt den Stall – da kauert Ahmad in einer Ecke und versucht, sich zu beruhigen. Verzweifelt blickt er zum Bauern. Die Geräusche sind für Ahmad nur mehr schwer zu ertragen. *Der Summton ist schmerzlich laut.* Den Bauern versteht er kaum.

»Komm, Bub! Ich muss dir was zeigen.« Der Bauer streckt seine Hand nach ihm aus. Ahmad ergreift sie. Sogleich herrscht Stille.

Ahmad hat seine Augen geschlossen. Noch kein einziges Geräusch. Nur sein Atem. Plötzlich Flügelschläge.

Langsam öffnet Ahmad seine Augen – über ihm am Himmel zieht der Adler seine Runden über einem beeindruckenden Bergmassiv. Allmählich normalisiert sich Ahmads Umgebungswahrnehmung wieder.

Ahmad steht auf einem Berggipfel. Neben ihm der Bauer – beide in Winterjacken, der Bauer dazu mit Rucksack, Gewehr und Wanderstock. Sie genießen die Ruhe mit Blick auf das Tal.

»Danke«, sagt Ahmad mit Tränen in den Augen.

Der Bauer lächelt. Beide wirken erleichtert.

Nächtliche Wolken ziehen über den sternenklaren Himmel.

Ahmad schläft schlecht. Er dreht sich im Bett wild hin und her. Er schwitzt. Schreit auf. *Ein intensiver Summton.*

Der Bauer schreckt aus dem Schlaf hoch. Ein Blick zum Hund – der hat ebenfalls etwas gehört. Besorgt schauen sie beide zur Decke hoch. Doch alles ist wieder ruhig.

Am nächsten Morgen fällt Schnee, so richtig kräftig.

Der Bauer verlässt mit Eiern den Hühnerstall. Er betritt die Stube – überrascht darüber, dass Ahmads Frühstück nicht angerührt ist.

»Jetzt könnte er aber langsam aufstehen, der Bub.«

Er sieht die Holztreppe hoch und ruft »Joschi?«

Doch keine Antwort.

Es klopft an der Tür zum Dachboden. Der Bauer lugt herein.

»Wach auf, du fauler Hallodri!«

Aus dem Bett stöhnt ihm Ahmad entgegen. Er atmet flach. Schneller Herzschlag. Schüttelfrost. Der Bauer ist geschockt – Ahmad sieht aus wie der Tod.

Der Bauer holt das Thermometer unter Ahmads Achsel hervor – erschreckend hohe Temperatur. Er zieht ihm sein verschwitztes Hemd aus und ein frisches über.

Ahmad lässt das alles mit sich geschehen. Er wirkt desorientiert und verwirrt.

Da entdeckt der Bauer die Wunde an Ahmads linkem Unterarm – mittlerweile stark entzündet.

»Nur ein Kratzer?«, ärgert sich der Bauer.

Hektisch durchsucht er die Laden im Bad, während er vor sich hinmurmelt:

»So ein Depp, der Bub. Wieso sagt er nichts?«

Er findet verschiedenste Medikamente – nur nichts, was er brauchen kann.

Rasch sammelt er verschiedenste Zutaten aus der Vorratskammer zusammen und stellt alles vor sich auf den Tisch.

Er schlägt ein altes handgeschriebenes Rezeptbuch auf – überprüft die Zutaten.

»Was soll das heißen? Deine Schrift kann keiner lesen ... Chilli! Wo soll ich das jetzt herkriegen?«

Sein Blick bleibt beim Foto seiner Frau hängen.

»Ich weiß, was ich dir versprochen habe«, sagt er genervt. Dann klappt er das Rezeptbuch zu und wirft es auf den Tisch.

Er blickt zu Trude und will ihr kontern, doch dann resigniert er.

»Ja. Hast eh recht. Wie immer.«

Er geht kurz in sich – dann bricht er entschlossen auf – vorbei am Foto seiner Frau.

Der Hund bellt vor Aufregung, als der Bauer Ahmad die Holztreppe herunterschleppt – unter starken Knieschmerzen.

Ahmads linker Unterarm ist notdürftig verbunden.

Der Bauer hievt Ahmad unter großer Anstrengung in die Badewanne. Anschließend duscht er ihn vorsichtig von den Füßen aufwärts ab. Ahmad reagiert kaum. Der Hund verzieht sich.

Der Bauer legt Ahmad ins Bett zurück. Er macht ihm kalte Umschläge. Dann deckt er ihn zu. Ahmad hat bereits hohes Fieber.

»Ich ... heiße ... Ah ... mad ...«, stammelt er kaum verständlich vor sich hin.

»Ich bin bald wieder zurück«, flüstert der Bauer besorgt.

Ein prüfender Blick zum Nachtkästchen – dort stehen Tee, Wasser, etwas Brot und Obst.

Draußen wird es schon hell. Der Bauer bandagiert sein Knie ein – während der Hund unruhig hin und her läuft.

Dann schnappt sich der Bauer Jacke, Rucksack und Wanderstecken.

»Pass gut auf ihn auf!«, sagt er zu Ares und verschwindet durch die Tür – lässt den Hund fragend zurück.

Bei mittlerweile kräftigem Schneefall verlässt der Bauer mit zügigen Schritten seine Alm in Richtung Tal.

SCHNEEMANN

Schneegestöber über dem vernebelten Tal. Der leere Korb des Transportlifts taucht auf – nähert sich der verschneiten Bergstation.

Der Bauer legt einen Schalter um und der Lift stoppt. Mühevoll steigt er in den Liftkorb und befestigt das Sicherheitsseil an seinem Gurt. Vom Korb aus legt er mit seinem Wanderstecken den Schalter um und der Lift setzt sich mit einem Ruck in Bewegung.

Nebel, Wind, Schnee – der Bauer fährt im Liftkorb dahin. Der aufbrausende Wind schaukelt den Korb hin und her. Ein kräftiger Schluck aus dem Flachmann. Finster blickt der Bauer auf das Dorf unter ihm.

Am Straßenrand vervollständigt ein kleines Mädchen ihre Schneefrau mit einer Sonnenbrille als Augen. Stolz betrachtet sie ihr Werk – dahinter taucht aus dem nebeligen Schneegestöber eine schemenhafte Figur auf und nähert sich dem Dorf.

Dem Mädchen wird das zu unheimlich und es läuft ins nahegelegene Einfamilienhaus.

Es ist der Bauer, der schon ziemlich erschöpft am Haus vorbeieilt.

Vom Fenster aus beobachten ihn das Mädchen und deren Mutter. Dieser steht beim Anblick des Bauern der Mund weit offen.

»Der Bauer«, staunt sie.

Das Mädchen blickt fragend zu ihr auf, dann beobachtet sie den Bauern, wie dieser ihrer Schneefrau bedrohlich nahe kommt und sie ist ganz erleichtert, dass ihr Schneekunstwerk von ihm verschont bleibt.

Gerhard fährt im Polizeiwagen die Dorfstraße entlang, es ist nebelig und die Sicht schlecht. Hertha am Beifahrersitz. Das Radio läuft und ein Sprecher meldet:

»Trotz der zahlreichen Hinweise der Bevölkerung fehlt noch immer jede Spur von dem vor über drei Wochen aus dem Bergacher Flüchtlingsheim abgängigen männlichen Flüchtling.«

Hertha wechselt auf klassische Musik. Gerhard sieht sie verwundert an.

»Du und Klassik?«

Sie will etwas erwidern, als zu einem musikalischen Höhepunkt plötzlich der Bauer vor ihnen auftaucht.

»Scheiße!«, ruft Gerhard und bremst unsanft ab. Allen dreien ist der Schrecken ins Gesicht geschrieben.

»Shit!«, ruft Hertha und – als stünde ein Geist vor ihr:

»Ist das der Bauer?«

Gerhard lässt das Fenster herunter und ruft hinaus.

»Bist du wahnsinnig geworden? Du kannst doch nicht auf der Straße gehen, bei dem Wetter.«

»Alles halb so wild«, kontert der Bauer unfreundlich und will schon weiter ziehen.

»Wart einmal, Bauer!«

Der Bauer bleibt stehen, blickt ihn finster an.

»Was willst?«

Gerhard lächelt.

»Wie geht's dir so?«

Keine Antwort.

»Auf der Alm alles in Ordnung?«

»Warum auch nicht?«, fährt der Bauer Gerhard an.

Vom Nebensitz winkt Hertha herüber.

»Servus, Bauer! Ich bin die neue Kollegin vom Gerhard.«

Der Bauer mustert sie kurz.

»Aha. Musst aufpassen, die letzte hat er geschwängert.«

Hertha verschlägt es die Sprache.

Gerhard übergeht die Aussage des Bauern schmunzelnd.

»Wir fahren dann gleich noch zum Saukopfessen. Kommst mit? Wir laden dich ein«, schlägt ihm Gerhard versöhnlich vor.

»Er zahlt«, korrigiert Hertha und deutet auf ihren Kollegen.

»Hab was vor. Und ihr haltet mich auf. Habt ihr nichts Besseres zu tun?«, funkelt sie der Bauer an.

»Schon klar. Also dann, Bauer! Man sieht sich!«

Gerhard winkt ihm enttäuscht zu. Dann gibt er Gas.

Der Bauer schaut dem Wagen finster nach.

»Schleicht's euch einfach.«

Schnellen Schrittes zielt der Bauer über den verschneiten Dorfplatz auf das Arzthaus zu. Vorbei an ein paar Leuten, die sich alle überrascht geben, ihn hier zu treffen.

»Als würden's einen Toten sehen ...«, murmelt der Bauer.

An der Tür zum Arzthaus hängt ein Zettel: »Bin im Wirtshaus«.

Der Bauer schüttelt den Kopf:

»Wo auch sonst?«

Die Tür zur Küche schwingt auf – ein Saukopf am Tablett – stolz präsentiert von der Wirtin.

Jubel und Lob der Wirtshausgäste – darunter die Bürgermeisterin, Kathi, ein Pfarrer und jede Menge illustre Gestalten.

Die Gaststube ist eng, aber gemütlich. Leicht versifft.

Michi wirft einen Pfeil auf die Dartscheibe, da fährt ihn die Wirtin an.

»Du sollst den Herrgott vorher von der Wand hängen! Und hilf lieber in der Küche!«

Das Kruzifix neben der Scheibe hat schon so manchen Pfeil abbekommen.

»Was soll ihm denn noch mehr passieren?«, scherzt Michi leise.

Der Pfarrer will gerade etwas erwidern, als Gerhard und Hertha eintreten.

»Da kommen schon die nächsten Saköpf!«, ruft einer der Gäste schon leicht beschwipst.

Lautes Gelächter. Gerhard und Hertha legen ab.

»Sehr lustig«, sagt Hertha.

Daraufhin Gerhard:

»Wir haben hohen Besuch.«

Plötzlich sind alle still und starren ihn neugierig an.

Gerhard genießt die Aufmerksamkeit, doch Hertha kommt ihm zuvor:

»Der Bauer ist im Dorf.«

Der Pfeil von Michi verfehlt die Scheibe – und das Kruzifix – nur ganz knapp.

Die Wirtin schenkt Michi einen bösen Blick, dieser zieht den Pfeil aus der Wand und verschwindet in der Küche.

Gerhard und Hertha setzen sich zum Tisch.

»Wow!«

Die Bürgermeisterin prostet Kathi zu:

»Dann hat dein letzter Besuch vielleicht doch was gebracht.«

Doch Kathi ist skeptisch.

»Hat er gesagt, was er will?«, fragt sie besorgt.

»Nein. Dazu müsste er ja endlich einmal den Mund aufmachen«, ärgert sich Gerhard.

»Wahrscheinlich hat's ihn jetzt ganz faschiert und er draht uns alle ham«, ruft der beschwipste Gast.

Gelächter im Wirtshaus.

Plötzlich springt die Tür auf – und der Bauer kommt herein.

Alle Augen auf ihn.

Eisige Stille.

Dann der Bauer:

»Was schaut's denn alle so?«

Verunsicherung bei den Gästen.

Nur Michi grinst aus der Küche hervor.

»Magst ... magst ein Bier?«, fragt die Wirtin vorsichtig.

Der Bauer ist ganz unruhig, unter so vielen Menschen war er schon eine Ewigkeit nicht mehr.

Das überfordert ihn.

»Bevor ich mit euch Schluchtenscheißern zusammen ein Bier trinke, soll mich der Leibhaftige holen.«

Der Pfarrer will erneut etwas darauf erwidern, doch der Bauer fährt ihm dazwischen.

»Ich muss mit der Kathi reden!«, und deutet dieser, mitzukommen.

Kathi steht sogleich auf – dem Rest des Lokals hat es die Sprache verschlagen.

Kathi und der Bauer eilen aus dem Wirtshaus.

»Ist was passiert? Mit den Viechern alles okay?«, fragt Kathi voller Sorge.

Der Bauer winkt gestresst ab.

»Was ist los, Bauer?«

Er blickt sich um, schließlich platzt es aus ihm heraus.

»Er ist zurückgekommen.«

Sie versteht nicht.

»Wer?«

Er kann seine Freude kaum unterdrücken, seine Augen werden nass.

»Der Joschi. Er ist wieder da.«

Sie lacht ungläubig.

Aber er grinst übers ganze Gesicht.

Seine Augen meinen es todernst.

So glücklich hat Kathi den Bauern eigentlich noch nie gesehen.

Das macht sie sprachlos.

»Aber es geht ihm nicht gut«, sorgt sich der Bauer.

Kathi kann nicht glauben, was ihr der Bauer gerade offenbart hat.

Sie zieht es deshalb vor, vorerst nichts dazu zu sagen und erst einmal abzuwarten.

Kathi fährt in ihrem Jeep auf der Dorfstraße – neben ihr sitzt der Bauer. Sie mustert ihn eine Weile. Es arbeitet in ihr. Schließlich kann sie sich nicht mehr länger zurückhalten.

»Wie ... er ist wieder da? Einfach so? Wie soll denn das gehen?«

Er schweigt.

»Bauer, rede endlich mit mir!«

»Ha! Im Stall hat er sich versteckt, der dumme Bub.«

»Was? Zehn Jahre?«

»Natürlich nicht«, wird der Bauer lauter.

»Und weiter?«, fährt ihn Kathi an.

»Ich weiß auch nicht viel mehr. Er redet nicht so viel«, schreit der Bauer zurück.

Kathi schüttelt seufzend den Kopf.

Joschi kann unmöglich zurück sein, weshalb sie sich umso mehr um den Zustand des Bauern sorgt.

Der Liftkorb zieht mit Kathi und dem Bauern über das Tal hinweg, den steilen Berg hinauf.

Eine unangenehme Fahrt durch Wind und Schnee.

Kathi klammert sich am Bauern und ihrer dicken Arzttasche fest.

Der Bauer bemerkt das.

»Du bist die ganzen Jahre immer zu Fuß zu mir rauf?«

»Einmal bin ich mit dem Michi mitgefahren und dann nie wieder. Damals war's Sommer … und das hat mir schon gereicht.«

Der Bauer drückt ihr seinen Flachmann in die Hand, sie zögert nicht lange.

»Wird auch Zeit« und nippt zweimal kräftig.

»Und wo soll er gewesen sein? Was ist passiert?«, versucht sie, an die wesentlichen Informationen zu gelangen.

Aber keine Antwort.

»Warum hat er sich nicht gemeldet, die vielen Jahre?«

Sie reicht den Flachmann an den Bauern weiter, der schaut sie verwundert an.

»Freust du dich gar nicht, dass er wieder da ist?«

»Was? Sicher …«, sie weiß nicht, was sie anderes sagen soll.

Der Bauer meint es wirklich ernst.

Er nippt vom Flachmann, spürt ihre Zweifel.

»Du glaubst, ich bin deppert.«

Kathi seufzt.

»Dein grauer Star … die Höhenluft … dein Selbstbrannter … ich weiß ehrlich gesagt nicht, was ich glauben soll.«

»Ha!«, stößt der Bauer aus und nippt nochmal.

Der Liftkorb hält in der verschneiten Bergstation.

Mit seinem Wanderstecken legt der Bauer wieder den Schalter um.

Zuerst hilft Kathi dem Bauern auszusteigen – er hilft ihr wiederum aus dem Liftkorb.

»Gott sei Dank! Zwing mich nie wieder dazu.«

»Wir haben keine Zeit zum Labern.«

Er stapft zügig los.

Kathi folgt ihm seufzend ins Schneegestöber nach.

KRANKHEIT

Die Alm ist bereits von Schnee bedeckt.

Vom Dachboden der Hütte hört man den Bauern leise: »Joschi? Joschi! Schau, wer da ist!«

Kathi lächelt unsicher. Sie steht neben dem Bauern am Bett von Ahmad. Sie kann es noch immer nicht recht glauben. Aber wer sollte der junge Mann im Bett sonst sein?

»Servus ... Joschi ...«, sagt sie schließlich ungläubig.

Sie beugt sich über Ahmad, der sich gerade umdreht.

Er ist nur halb bei Bewusstsein und sieht gar nicht gut aus.

»Ich kann nicht glauben, dass du es ... wirklich ... bist ...« – und nun erkennt sie eindeutig – er ist es auch nicht.

Trotz aller Ähnlichkeiten.

Ein fragender Blick zum Bauern – dieser ist überaus besorgt und offensichtlich felsenfest davon überzeugt, dass er da seinen Sohn Joschi vor sich hat.

Dann sieht sie zu Ahmad zurück – aber das ist definitiv nicht Joschi.

»Verletzt hat er sich am Unterarm«, deutet der Bauer auf Ahmads Verband.

»Was?«, in Kathis Kopf geht es gerade rund.

»Ach so. Natürlich.«

Sie konzentriert sich erstmal auf das vorrangige Problem und legt mit ihrer Untersuchung los.

Sie nimmt Ahmad den Verband ab und wird zusehends besorgter – was der Bauer bemerkt.

»Hast recht gehabt. Sepsis!«, stellt Kathi mit ernster Miene fest und beginnt sogleich in ihrer Arzttasche herumzukramen.

»Rote Flecken hat er noch keine«, meint der Bauer.

»Wenn du dich gar so gut auskennst, wieso hast du mich nicht gleich beim ersten Anzeichen angerufen?«

»Das Klumpert vom Michi hab ich entsorgt. Und der Joschi hat auch nichts gesagt, der Depp!«, verteidigt sich der Bauer.

»Wenn der junge Mann morgen nicht über dem Berg ist, dann muss er ins Krankenhaus. Die Nacht werde ich da bleiben.«

Er nickt zustimmend, auch wenn man merkt, dass es ihm nicht gefällt.

Kathi bereitet eine Spritze vor, der Bauer sieht sie fragend an.

»Das ist ein Breitband-Antibiotikum.«

Jetzt meldet sich Ares bellend zu Wort.

»Was macht der Hund da? Raus mit ihm und du schleichst dich auch, Bauer. Lasst mich meine Arbeit machen.«

Der Bauer wagt nicht, ihr zu widersprechen, schnappt sich Ares und macht sich davon.

Kathi kommt die knarrende Treppe herunter.

Unten wartet Ares. Schließlich begrüßt er sie überschwänglich.

»Was sagst du zu dem ganzen, Ares?«

Sie stutzt, als sie über das gepflegte Fell des Hundes streichelt.

»Du stinkst ja gar nicht mehr ...«, stellt sie überrascht fest.

Sie staunt generell über die Ordnung und Sauberkeit, die plötzlich in der gesamten Stube herrscht.

Sie findet den Bauern vor dem Ofen. Sie betrachtet ihn eine Weile mit Besorgnis, bis dieser sie bemerkt und sie voller Erwartung anstarrt.

»Er hat Glück gehabt ... war nur eine leichte Blutvergiftung«, beruhigt sie ihn.

Er atmet erleichtert auf. Nickt ihr dankbar zu.

Ein Schluck Schnaps.

Kathi schiebt eine leere Schüssel Eintopf von sich weg.

»Danke! Das war ausgezeichnet.«

»Das Rezept ist vom Joschi«, verkündet er voller Stolz, »Der hat kochen gelernt.«

Er öffnet eine Flasche Schnaps, schenkt ihnen ein.

Sie bemerkt seine veränderte Art. Er wirkt fröhlicher als sonst.

Kathi mustert den alten Bauern genau. Und spielt vorerst mit:

»Wann hättest du uns die Neuigkeit von Joschi erzählen wollen?«

Er stellt sich dumm.

»Was meinst?«

Sie lächelt.

»Dass er zurückgekommen ist?«

Auch der Bauer lächelt.

»Der Joschi.«

Sie nickt, doch eigentlich weiß sie nicht, wie sie mit der Situation umgehen soll.

»Was geht es die Furchenscheißer an? Es war ihnen ja auch wurscht, dass er weg ist«, sagt er schließlich voller Hass in den Augen.

»Das stimmt nicht, Bauer.«

»Ach so? Und deswegen haben die eine ganze Woche nach ihm gesucht? Eine Woche!«

»Ja ... wärmen wir das bitte nicht schon wieder auf.«

Er nimmt einen weiteren Schluck Schnaps zur Beruhigung.

»Im Ernst, Kathi ... die Leute brauchen nichts davon zu wissen. Dann mischen sich die Fetzenschädel wieder ein ... und machen alles wieder kaputt.«

Mit einem Seufzer blickt Kathi zum Foto von Trude.

»Ein ewiges Rätsel ... wie du an so ein sanftes Wesen wie die Trude geraten bist.«

Der Bauer hebt sein Schnapsglas.

»Auf die Trude!«

Sie stoßen unter dem Lächeln Trudes an.

Der Bauer liegt wach im Bett und starrt zur Decke hinauf, durch die dumpf die Rufe Ahmads dringen.

Er kann das nicht länger mit anhören, dreht sich zur Seite und zieht sich die Decke über den Kopf.

Neben dem Bett liegt Ares. Er ist ebenso voller Sorge.

Ahmad spricht unverständlich im Fieber – es hört sich arabisch an, was Kathi mit einer gewissen Beunruhigung zur Kenntnis nimmt.

Sie wischt ihm sanft den Schweiß aus dem Gesicht.

Der Schneefall hat aufgehört. Die Alm ist von Schnee bedeckt. Die Sonne geht auf und taucht die Szene in ein wunderschönes Licht.

Kathi steht am Fenster und betrachtet fasziniert das Naturschauspiel.

Hinter ihr erwacht Ahmad.

Zuerst schreckt er leicht zurück, als er Kathi sieht, doch dann nimmt er ihre freundlichen Gesichtszüge wahr. Er entdeckt die Arzttasche – und versteht, dass die fremde Frau ihm wohl geholfen haben muss und keine akute Gefahr für ihn darstellt.

Er ist noch sehr schwach, trotzdem setzt er sich langsam auf und räuspert sich leise.

Da dreht sich Kathi zu ihm um und lächelt ihn an.

»Da ist ja einer munter.«

Sie kommt zu ihm ans Bett, checkt ihn kurz durch.

Ahmad lässt es geschehen. Blickt sie aber trotzdem weiter skeptisch an, während sie seinen Puls misst.

»Das Schlimmste hast du überstanden. Die nächsten Tage wird es dir noch ein bisserl dreckig ... also nicht so gut gehen ... aber das wird schon wieder.«

»Danke«, sagt Ahmad mit einem ehrlichen Lächeln.

»Ich bin übrigens die Kathi«, lächelt sie zurück.

Das freundliche Wesen Ahmads ist einnehmend. Dennoch unterbricht Kathi jäh die Untersuchung.

»Ich muss das jetzt fragen ... bist du der, den sie suchen? Bist du aus dem Flüchtlingsheim abgehaut?«

Ahmad schweigt.

»Mir ist das egal. Ich sorge mich nur um den Bauern.«

Sie sieht Ahmad in die Augen. Eindringlich:

»Was willst du von ihm?«

Ahmad lacht.

»Ich will nichts ... ich tu ihm nichts ... muss sowieso weiter.«

»Wohin?«, fragt sie.

Aber Ahmad weiß keine Antwort.

Kathi hat Mitleid.

»Du weißt, für wen er dich hält?«

Ahmad nickt und sagt leise: »Ich bin der Joschi.«

»Brich ihm bitte nicht das Herz.«

Ahmad sieht sie mit wässrigen Augen an.

»Ich weiß nicht, wie«, flüstert er.

Sie sieht in seinem Blick, er meint es ernst und sie hat Verständnis für ihn, sind sie doch gleich, was ihre Besorgnis um den Bauern und dessen Illusion angeht.

Da kommt auch schon der Bauer mit einem Frühstückstablett herein:

»Und? Wie geht es meinem Buben?«

Ahmad und Kathi tauschen einen intensiven Blick.

Dann wendet sich Kathi an den Bauern.

»Er ist über dem Berg. Aber die nächsten Tage ist Bettruhe angesagt.«

Erleichtert stellt der Bauer das Tablett am Tisch ab.

Ahmad schenkt Kathi ein dankbares Lächeln.

Die Alm unter einer leichten Schneedecke.

Der Bauer kommt mit Kathi auf die Veranda.

Sie sieht sich in der winterlichen Landschaft um.

»Ich fürchte, den Weg heim muss ich mir freischaufeln.«

Auch der Bauer sieht sich um.

»Wenigstens kommt nichts mehr nach« und nach einer Pause, »Ich dank dir, Kathi.«

Sie sieht ihn an.

»Bauer, ich ... ich muss dir noch etwas sagen ...«

Sie zögert.

»Ja?«, fragt er.

Sie sieht in sein altes, zerfurchtes Gesicht, das mit Freude und Dankbarkeit erfüllt ist.

Sie schafft es nicht, ihm das in diesem Moment zu nehmen.

»Ich freue mich, dass es dir besser geht.«

Er zwinkert ihr zu.

Dann stapft Kathi nachdenklich durch den Schnee davon, wundert sich einmal mehr über den Bauern, der wie ausgewechselt wirkt und ihr freundlich nachwinkt.

Vom Dachbodenfenster aus wird Kathi von Ahmad mit einer Mischung aus Skepsis und Misstrauen beobachtet. Aber er hat keine andere Wahl, als darauf zu vertrauen, dass sie ihn nicht verraten wird.

In der Stube harrt der Hund am Fuße der Treppe und starrt zum Dachboden hinauf.

Dort schläft Ahmad tief und fest und vor allem ruhig.

Auf einem Stuhl neben Ahmads Bett schnarcht der Bauer – mit einer Flasche Schnaps im Arm.

Der Hund bellt von draußen.

Der Bauer erwacht in seinem Stuhl.

Die Schnapsflasche fällt zu Boden.

Ahmads Bett ist leer. Der Bauer springt sofort auf und sieht aus dem Fenster, durch das er Ahmad entdeckt.

»Ja, ist der Bub jetzt ganz verrückt geworden?«, ruft er hysterisch.

Schon prescht der Bauer aus der Hütte auf die Veranda.

»Spinnst du? Komm sofort wieder rein! Du hast Bettruhe!«

Ahmad steht am Hof, mitten im Schnee, nur eine Decke umgehängt.

Ares läuft bellend um ihn herum.

Als er den Bauern entdeckt, lacht Ahmad und winkt ihm zu.

Offenbar hat Ahmad noch nie so viel Schnee auf ein Mal gesehen.

Ausgelassen spielt er mit Ares im Schnee.

Jetzt muss auch der Bauer lachen:

»So ein Hiafla!«

FAMILIE

Der helle Mond steht über der Alm. Die letzten drei Wochen hat es mehrmals heftig geschneit und die Alm ist mittlerweile von einer dicken Schneeschicht bedeckt. Ein paar schmale Wege führen durch den hohen Schnee von der Almhütte zum Stall und auch zum Plumpsklo.

Darin verrichtet Ahmad gerade sein Geschäft, als der Bauer plötzlich die Tür aufreißt.

»Lammzeit! Komm!«, verkündet ihm der Bauer aufgeregt.

»Was?«, sieht ihn Ahmad mit großen Augen an, »Ich hab keinen Hunger! Außerdem ...«, er verweist auf seine Situation – es sollte offensichtlich sein.

Doch den Bauern kümmert Ahamads Privatsphäre wenig.

»Lammzeit!«, macht der Bauer ihm nochmals deutlich: »Die Eirene wirft!«

Ahmad versteht noch immer nicht.

»Scheiß fertig und komm dann!«, und humpelt flott in Richtung Stall, lässt dabei die Tür zum Plumpsklo weit offen.

Ahmad schüttelt den Kopf und murmelt auf Arabisch vor sich hin.

Mit ellbogenlangen Plastikhandschuhen unterstützt der Bauer das Mutterschaf Eirene bei der Geburt.

»Gut, Eirene! Das Kopferl is schon da«, spricht er der werdenden Mutter gut zu.

Schon schwupst das neugeborene Schaf heraus.

Ahmad verfolgt das Geschehen mit Bewunderung und Ekel zugleich – er trägt ebenfalls Plastikhandschuhe.

Der Bauer legt das Neugeborene aufs Heu, dann fasst er erneut ins Mutterschaf.

»Und ein Mal geht's noch!«, ruft er.

Doch dann sieht er zu Ahmad und zieht seine Hand wieder zurück.

»Das zweite machst du.«

Ahmad schüttelt heftig den Kopf.

»Na geh! Scheiß dich nicht an.«

Der Bauer besteht darauf.

»Komm, trau dich ... an den Füßen ziehst es langsam raus ...«

Ahmad geht ein paar Schritte zurück. Angst in seinen Augen. Die Geräusche um ihn herum beginnen sich wieder zu verstärken. Der Bauer greift nach Ahmads Unterarm und hält ihn fest. Ahmad blickt in die Augen des Bauern. Dessen Blick ist fordernd und voller Energie.

»Das ist das Leben, Joschi«, sagt er in einer Mischung aus Ehrfurcht und Glück.

Ahmad atmet tief durch und überwindet schließlich seine Scheu.

Vom Bauern geführt, verschwindet zuerst seine Hand, dann sein ganzer Unterarm im Mutterschaf.

Und mit einem Mal herrscht wieder Stille in Ahmad, seine Sinne verstummen. Ein magischer Moment.

Die Anweisungen des Bauern hört er kaum, er weiß auch ohne sie, was zu tun ist. Er hat früher schon einmal bei einer solchen Geburt geholfen, zusammen mit einem guten Freund, aber das war in einem anderen Leben.

»Super, Joschi!«, reißt ihn der Bauer zurück ins Almleben – und schon zieht Ahmad das zweite Junge heraus. Und mit den Worten des Bauern normalisiert sich seine Umgebungswahrnehmung wieder.

»Siehst du? Nichts dabei gewesen.«

Ahmad lächelt erleichtert und legt das Junge vorsichtig zum anderen aufs Heu.

»Jetzt kommen's zum Mutterschaf, damit sie schlecken kann ...«

Jeder der beiden legt eines der Jungtiere zur erschöpften Eirene, welche beginnt, ihre Neugeborenen abzuschlecken. Eine Weile betrachten beide das kleine Wunder. Schließlich sagt der Bauer wieder ganz nüchtern:

»Ein Manderl und ein Weiberl! Namen darfst du dir aussuchen ... ich brauch jetzt einen Schnaps.«

Und damit lässt er Ahmad bei den Schafen alleine zurück. Aufgewühlt, aber glücklich betrachtet dieser die junge Familie.

In der Werkstatt dreht Ahmad gekonnt eine Zigarette. Seine Hände zittern noch immer. Schließlich zündet er sie an und reicht sie dem Bauern.

Dieser nimmt einen kräftigen Zug und fährt damit fort, Buchstaben in eine kleine Holzscheibe zu schnitzen.

Ahmad sieht ihm fasziniert bei der Arbeit zu. Eine überaus harmonische Stimmung.

Ahmad nagelt die neuen Namensschilder an die Stalltür, rückt sie abschließend zurecht und geht ein paar Schritte zurück. Daneben steht der Bauer. Beide betrachten zufrieden ihr gemeinsames Werk. Auf den Schildern stehen die stolzen Namen *Apollon* und *Athene*.

Der Bauer reicht Ahmad den Flachmann. Ahmad nippt ein Mal kurz. Dann der Bauer.

Schließlich legt Ahmad freundschaftlich seinen Arm um die Schulter des Bauern. Dieser tätschelt Ahmads Hand.

»Haben wir gut gemacht, Bub!« und verkneift sich eine Träne.

»Ja«, grinst Ahmad, »Gut gemacht.«

Ahmad liegt im Bett und starrt nachdenklich an die Decke – auf einen dicken schrägen Dachpfosten mit dem Poster eines Heavy Metal Sängers. Da entdeckt er etwas, das ganz leicht hinter dem Pfosten hervorragt.

Kurz später balanciert Ahmad auf einem wackeligen Hocker und greift hinter den Holzpfosten. Er holt schließlich ein Einmachglas hervor. Er betrachtet dessen Inhalt und weiß sofort, worum es sich dabei handelt.

»Joschi, Joschi!«, lacht er. Er springt vom Hocker, öffnet das Glas und riecht an dessen Inhalt. Darin befinden sich jede Menge Marihuana-Blüten.

Ahmad blickt nach oben und spricht zu Joschi auf Arabisch:

»Gott beschütze dich, mein Freund!«

Ahmad stapft über den verschneiten Hof und verschwindet heimlich hinter dem Stall. Das bemerkt der Bauer, der in der Stube am Fenster steht.

Schon folgt er ihm neugierig. Wasser blubbert. Der Bauer spechtelt um die Ecke. Da hockt Ahmad auf einer schrägen Bank. Er zieht gerade an Joschis Wasserpfeife und friert ein, als er den Bauern sieht.

»Wolltest dich vor mir verstecken?«

Ahmad weiß nichts zu sagen. Der Bauer kommt näher.

»Deine Mama hat selber gequalmt wie eine Verrückte ...«

Erst jetzt lässt Ahmad den Rauch entweichen.

»Ich habe es gefunden ...«

Der Bauer lacht.

»Gefunden?«, und setzt sich zu ihm. Er nimmt die Pfeife an sich, riecht.

»Ist das überhaupt noch genießbar?«, und nimmt einen kräftigen Zug.

Dann Ahmad. Beide lassen den Rauch entweichen.

Beide warten.

»Spürst schon was?«, fragt der Bauer schließlich.

Ahmad fühlt nach.

»Gar nichts.«

Der Bauer probiert nochmal.

Ahmad versucht sich an Palatschinken – ganz nach dem handgeschriebenen Rezept von Trude, deren Schrift er mühevoll entziffern muss. Die Palatschinken wollen ihm jedoch nicht wirklich gelingen. Vielleicht auch deshalb, weil sich der Bauer immer wieder einmischt.

»Die Pfanne ist nicht heiß genug. So bleibt dir alles picken.«

»Ist heiß genug. Der Teig braucht mehr Mehl.«

»Blödsinn. Die Trude hat schon gewusst, was sie macht.«

»Ja, Trude schon. Aber du nicht.«

Beide lachen.

Das Gras hat über die Jahre hinweg wohl doch nicht seine gesamte Wirkung eingebüßt. Letztlich landen die Palatschinkenteile auf einem Teller – mit viel Marmelade und Zucker.

Beide schnappen sich eine Gabel und hauen rein. Der Bauer hat schon bald seinen Zuckerbedarf gedeckt und verschwindet wortlos.

Ahmad wundert sich schon lange nicht mehr über die Eigenheiten des Bauern und verputzt den Rest des süßen Gerichtes, ohne auch nur aufzusehen.

Auf einmal steht der Bauer vor ihm.

Mit einem Gesichtsausdruck, der Ahmad leicht verunsichert.

Schon stellt der Bauer eine Flasche Schnaps auf den Tisch.

»Jetzt trinken wir endlich einmal was!«

Ruhe über der Alm – auf einmal dröhnt Volksmusik aus der Hütte.

Dazu wird in der Stube eine Flasche Zirbenschnaps geöffnet. Der Bauer schenkt zwei Gläser ein – randvoll.

»Ich nicht«, sagt Ahmad und zieht von der Wasserpfeife.

»Was? Sei nicht so fad! Jetzt kannst schon wiedermal einen trinken ... deine Antibiotika sind auch schon fertig ...« und stellt ihm ein Glas vor die Nase.

»So viel Schnaps ist nicht gut für dich«, sorgt sich Ahmad, »Und du trinkst viel zu viel davon. Das macht dich tot.«

»Jetzt redest du schon genauso blöd daher wie deine Mutter.«

Doch Ahmad lässt nicht locker.

»Wie viele Jahre saufst du schon?«

»Ha!«, lacht der Bauer auf und zieht von der Wasserpfeife. Dann sieht er ihn mit flehenden Augen an:

»Komm! Nur ein Stamperl. Ist gesund!«

Ahmad schüttelt seinen Kopf und lacht.

»Nein, ist es nicht«, aber er weiß, dass er dem Bauern heute nur schwer auskommen kann.

Ein paar Schnapsgläser später. Der Bauer schenkt nach. Ahmad sucht einen bestimmten Radiosender. Schon ertönt elektronische Musik – der Bauer schreckt hoch.

»Was ist das wieder für eine Teufelsmusik?«

Ahmad summt mit und beginnt, sich rhythmisch zu bewegen.

»Es gibt ... eine Welt ... außerhalb von deiner Alm.«

Langsam bewegt er sich im Takt auf den Bauern zu, tanzt um ihn herum.

»Ja? Und da lernt man so einen Blödsinn?«, scherzt der Bauer.

»Du bist böse ... und alt ... und verbittert ... und dir wachsen Haare aus den Ohren und der Nase. Komm jetzt, Alter Mann!«, fordert Ahmad den Bauern zum Tanzen auf. Der ziert sich zuerst, doch dann zieht ihn Ahmad hoch und gibt ihm einen dicken Kuss auf die Stirn.

»Geh! Hör auf. Das macht die Zirbe«, lacht der Bauer peinlich berührt.

»Die Zirbe ... die Zirbe ... die Zirbe macht mich tanzen!«, ruft Ahmad.

Der Bauer korrigiert ihn:

»Sie bringt *mich* zum Tanzen ...«

»Gut! Dann tanz, alter Mann!«

Er schnappt sich den Bauern und versucht, ihn sanft zur Musik zu bewegen.

»Was soll ich denn mit meinem Knie.«

Er schunkelt nun doch von selbst ein wenig mit.

Jetzt will der Hund auch mitmachen, springt laut bellend um sie herum.

»Ja, du auch, Ares! Wir tanzen alle gemeinsam den Zirbentanz.«

Im spärlichen Mondlicht torkeln zwei Gestalten mit einer Holzleiter durch die schmalen Wege über den Hof. Dabei rutschen sie abwechselnd im Schnee aus und kichern wie kleine Kinder.

»Du bist fett wia a Haisltschigg!«, stellt der Bauer fest.

Ahmad versucht, die Urlaute des Bauern zu wiederholen.

»Fett wia ...«

»Wia a Haisltschigg ... eine angesoffene Zigarette auf dem ... ist ja egal.«

Sie nähern sich dem Stall.

»Ahaisl... tsching«, bemüht sich Ahmad.

»Tschigg!«, verbessert ihn der Bauer, aber er hat auch schon seine Schwierigkeiten mit der Aussprache.

Gemeinsam lehnen sie die Leiter gegen das Dach des Stalls.

»Fett wia a Haisl ... tschigg« grinst Ahmad stolz.

»Super ... und jetzt rauf da!«, deutet der Bauer auf die Leiter.

Doch Ahmad denkt nicht daran.

»Nein ... du zuerst ... ich schieb an ...«

Der Bauer auf halber Höhe der Leiter – Ahmad direkt unter ihm – er schiebt ihn hoch. Mühsam, aber stetig kommen sie voran. Es dauert eine halbe Ewigkeit, aber dann schaffen sie es tatsächlich mit vereinten Kräften auf das schneebedeckte Stalldach hinauf.

Der Bauer sitzt neben Ahmad am Stalldach mitten im Schnee. Beide genießen sie das Sternenpanorama. Nach einer Weile sieht Ahmad zum Bauern.

»Wieso griechische Namen?«

Der Bauer sieht ihn ausdruckslos an, aber dann versteht er, was Ahmad meint.

»Weißt du das gar nicht mehr? Du hast doch damit angefangen.« Ahmad versteht nicht.

»Wie du ganz klein warst ... bist ganz besessen gewesen von griechischen Sagen und Göttern ... ständig hab ich dir vorlesen müssen ... die Trojanischen Kriege ... die Argonauten ...«

Ahmad kennt das.

»Ah! Die Odyssee ...«

»Jetzt dämmert's dir langsam wieder, gell?«

Ahmad schüttelt den Kopf.

Der Bauer nippt vom Flachmann. Über ihnen der sternenklare Himmel. Eine Weile betrachten sie beide wortlos das Firmament.

Und auf einmal sagt der Bauer ganz leise zu Ahmad:

»Du bist meine ganze Familie.«

Und ohne auch nur eine Sekunde zu überlegen, gesteht ihm Ahmad:

»Du auch.«

Beide sind gerührt.

In Ahmad haben diese Geständnisse jedoch noch etwas anderes ausgelöst. Mit einem Mal wirkt er traurig und in seinen Gedanken ganz weit fort.

Und in dieser Stille meldet sich der Summton zurück.

GROLLEN

Die Kirchenglocken schallen ohrenbetäubend über den Dorfplatz. Die Messe ist aus und der Pfarrer verabschiedet bei der Kirchentür seine Schäfchen. Darunter auch Kathi und Gerhard. Letzterer wird von einer älteren Kirchengeherin von hinten angestupst.

»Und? Habt ihr den Asylanten schon gefasst?«

Zu dritt nähern sie sich dem nahegelegenen Punschstand.

»Nein. Noch nicht. Der Typ ist wie vom Erdboden verschluckt«, ärgert sich Gerhard.

Kathi meidet jeden Augenkontakt mit ihm.

»Bei dem scheiß Wetter ist der sicher schon längst erfroren ... aber selber schuld«, meint die Kirchengeherin und zieht weiter.

»Da geht sie dahin, die christliche Nächstenliebe«, sieht ihr Kathi nach.

Hinter dem Punschstand schenkt wieder Michi aus. Gerhard bestellt wortlos zwei Becher.

»Aber komisch ist das schon, dass er bisher nirgendwo aufgetaucht ist.«

In Kathi arbeitet es, doch sie behält die Wahrheit für sich.

»Vielleicht ist er ja schon längst über die Grenze«, sagt sie leise.

»Hoffentlich. Dann können sich die anderen drum kümmern«, scherzt Gerhard.

Michi reicht ihnen den ersten Punsch. Kathi trinkt sogleich.

»Ah! Heiß!«, stellt sie schmerzerfüllt fest.

Gerhard lacht und nimmt seinen Punsch von Michi entgegen.

»Vorsicht, Kräuterhex! Nicht, dass du dir die Zunge verbrennst.«

Ein starker Summton.

Ahmad steht auf dem Gipfel eines Berges, ganz nahe am Abgrund. Er blickt hinab auf die Alm des Bauern. Nur Ahmads Atem ist zu hören. *Und der Summton.* Sonst herrscht Stille.

Dann plötzlich das Geräusch von Flügelschlägen über ihm. Ahmad blickt in den Himmel. Dort zieht wieder der Adler seine Runden.

Er kommt Ahmad immer näher. Plötzlich ist er ganz nah bei ihm, fixiert ihn mit seinen Augen, stürzt auf ihn zu.

Ein Schrei.

Ahmad reißt seine Augen auf.

Er setzt sich ganz langsam in seinem Bett auf. Sein Ausdruck ist nun klar und entschlossen.

Er weiß, was jetzt zu tun ist.

Morgendämmerung über der Alm – leichter Schneefall.

Ahmad schleicht die Holztreppe hinunter – versucht dabei so wenig Geräusche wie möglich zu machen.

Er hat die Kleidung von Joschi abgelegt und trägt wieder seine eigenen Klamotten – und seinen Rucksack.

Am Ende der Treppen bleibt er nochmals stehen.

Ein trauriger Blick zur Schlafkammer des Bauern.

Ahmad schleicht sich durch die Tür auf die Veranda und über die morsche Holztreppe auf den Hof.

Er schreitet zügig voran, sieht nicht zurück.

Schweren Herzens.

Kurz vor dem Zauntor bellt Ares auf. Ahmad hält an, dreht sich langsam um.

Auf der Veranda stehen der Hund und der Bauer – beide voller Enttäuschung.

Ahmad und der Bauer sehen sich tief in die Augen.

Beiden blutet das Herz.

Plötzlich ein lautes Grollen – der Boden erzittert leicht.

Beide wenden sich dem naheliegenden Berg zu – dort bricht eine Lawine ab.

Zwar in sicherer Entfernung, doch nahe genug, um sich Respekt zu verschaffen.

Mit Getöse rollt die Lawine über den Weg ins Tal – und schließt die Alm von der Außenwelt ab.

Ahmad starrt mit Entsetzen auf die abgegangene Lawine – dort hätte er stehen können.

Der Bauer bleibt gelassen:

»Da will noch wer nicht, dass du gehst.«

Und humpelt langsam in die Hütte, gefolgt von Ares.

Ahmad blickt ihnen nach.

Wut kommt in ihm auf.

Er hat die Schnauze voll vom Spiel des Bauern und folgt ihm entschlossenen Schrittes in die Hütte.

Ahmad zielt weiter durch die leere Stube auf die Schlafkammer zu. Davor wartet der aufgeregte Ares.

Ahmad klopft gegen die geschlossene Tür.

»Alter Mann! Mach auf!«

Er will hinein, doch es ist abgesperrt.

Der Bauer steht in seiner Schlafkammer. Ignoriert Ahmad, der nun schon heftiger an die Tür klopft.

Von außen hört man ihn: »Wir müssen reden, alter Mann.«

Doch der Bauer denkt nicht daran.

Sein Blick ist kalt und verbittert.

Bereits starker Schneefall im Dorf.

Michi kommt aus einer Gasse über den Dorfplatz gehetzt.

So schnell er kann, läuft er aufs Wirtshaus zu.

Darin die üblichen Gäste.

Michi platzt zur Tür herein.

»Eine Lawine ... oben beim Bauern«, ruft er aufgeregt.

Besorgte Reaktionen der Gäste.

Kathi fährt von ihrem Stuhl hoch.

»Hat es die Alm erwischt?«, fragt sie erschrocken.

»Nein ... sie ist weiter unten abgegangen ... aber der Weg ist auf jeden Fall zu«, sagt Michi und blickt in die Runde.

Außer Kathi scheint niemand so richtig um den Bauern besorgt zu sein.

»Tut nicht so, als wär er ein Fremder«, ärgert sich Michi, »Der Bauer ist einer von uns.«

»So unrecht wird ihm das wahrscheinlich gar nicht sein«, spielt die Bürgermeisterin die Gefahr herunter.

Kathi wirkt trotzdem besorgt.

Hertha bemerkt das und will sie beruhigen: »Der kommt schon zurecht, alleine da oben.«

Kathi kann sich jetzt nicht mehr länger zusammenreißen:

»Scheiße«, platzt es aus ihr heraus, »Der Bauer ist eben nicht allein auf seiner Alm.«

Erstaunte Blicke der Gäste.

»Wer ist denn bei ihm?«, fragt Michi verwundert.

»Da ist noch ein junger Mann ... und ... er schaut irgendwie orientalisch aus.«

Schweigen im Raum.

»Moment, Kathi ...«, versucht Gerhard zu verstehen, »Der Bauer hat den Flüchtling bei sich einquartiert?«

»Dass es ausgerechnet der Flüchtling ist, der gesucht wird, das hab ich nicht gesagt.«

»Ja, was jetzt?«, bedrängt sie Gerhard.

»Keine Ahnung ... aber er spricht auf jeden Fall arabisch.«

»Und wann wolltest du uns das mitteilen?«, macht sich die Bürgermeisterin wichtig, »Es wäre deine Pflicht gewesen, uns darüber zu informieren.«

»Halt den Mund, Gruberin!«, fährt Kathi sie an.

»Ich hab keine Ahnung, was du gegen den Bauern hast, er hat dir nie irgendetwas getan.«

»Wie redest du mit mir, ich bin die Bürgermeisterin.«

»Ja, und? Ich hab dich auf die Welt gebracht, ohne mich wärst du bei deiner Geburt erstickt, also bitte tu mir jetzt den Gefallen und halt dich da raus.«

Jetzt hat es der Bürgermeisterin die Sprache verschlagen.

Auch die übrigen Gäste wagen es nicht, das Wort zu ergreifen.

Nur Michi platzt innerlich vor Freude über Kathis getätigte Aussage.

Eine Weile schweigen sich alle an, dann räuspert sich Gerhard und spricht mit ruhiger Stimme:

»Kathi, einen Flüchtling zu verstecken, ist eine Straftat. Und du unterstützt das.«

Jetzt bringt sich die Wirtin ein:

»Moment. Wie kommt der dort überhaupt hin? Der Bauer wohnt auf zweitausend Meter!«

»Von einem Berg zum anderen ... zu Fuß zu dieser Jahreszeit ... eine beachtliche Leistung«, meint der Pfarrer.

»Dann müssen wir die Bergrettung rufen ... die sollen mit dem Hubschrauber rauf.«, schlägt die Wirtin vor.

»Die alte Kiste? Bei dem Wetter? Keine Chance«, schüttelt Michi den Kopf.

»Der Michi hat recht«, sagt Gerhard und schaut fragend in die Runde.

Kathi steht auf:

»Dann geht es eben nur zu Fuß.«

»Kann da nicht jederzeit noch was abgehen?«, fragt der Pfarrer.

»Na sicher. Das ist nur etwas für Lebensmüde ...« sagt Michi und steht ebenfalls auf. Aber Gerhard hält ihn zurück.

»Nein, Michi. Du sicher nicht.«

Hertha fühlt sich auch berufen.

»Und du auch nicht, Hertha. Wenn, dann gehe ich alleine.«

Jetzt steht auch die Bürgermeisterin auf, ohne eigentlich genau zu wissen, warum:

»Vorerst geht keiner. So schaut's aus.«

Michi begreift seine Leute nicht.

»Wollt ihr ihn mit dem Flüchtling da oben alleine lassen?«

Michi funkelt die Bürgermeisterin an.

»Der Gruberin wär's eh recht, wenn dem Bauern was passiert.«

»Geh scheißen, Michi«, antwortet diese.

Kathi fährt laut dazwischen:

»Der Typ ist harmlos. Der tut nichts. Ihr hättet die Alm sehen müssen. Alles tippi toppi. Und der Bauer ... wie ausgewechselt. So gut drauf, wie schon ewig nicht mehr.«

Interessierte Blicke der Gäste.

Gerhard nähert sich Kathi einige Schritte und sieht ihr eindringlich ins Gesicht.

»Sollte ich noch irgendetwas wissen?«
Sie zögert, setzt sich, seufzt.
»Na ja ... der Bauer glaubt, es ist der Joschi.«
Fassungslosigkeit im Raum.

VERGANGENHEIT

Starkes Schneegestöber. Der Polizeiwagen hält vor der Talstation.

Gerhard und Hertha steigen aus. In voller Schneemontur deutet er auf den Transportlift: »Siehst! Steht noch.«

»Trotzdem blöde Idee«, meint Hertha.

Gerhard holt seinen Rucksack aus dem Kofferraum – daran sind Schneeschuhe, eine Spitzhacke, Schaufel und ein langes Seil befestigt.

Routinemäßig überprüft er seine Dienstwaffe. »Sollte was sein, dann seile ich mich ab.«

Hertha runzelt die Stirn: »Ja, genau. Ein paar hundert Meter« und setzt ihm einen Helm mit Lampe auf.

Gerhard grinst.

»Deine Vorgängerin hab ich übrigens nicht geschwängert, das hat schon ein anderer vor mir gemacht.«

»Ich weiß eh, du stehst nicht auf Frauen.«

Er zwinkert ihr zu.

Hertha betätigt den Hebel. Gerhard setzt sich mit dem Liftkorb in Bewegung. »Ich funke dich regelmäßig an, keine Sorge« und hält sein Funkgerät hoch.

»Das wird sicher helfen, wenn der Scheiß stecken bleibt, und du uns da oben erfrierst.«

Sie schaut ihm besorgt nach – er winkt ihr noch kurz zu, dann verschwindet er schon aus ihrer Sicht.

Gerhard im Liftkorb. Wind und Schnee. Da tönt es aus dem Funkgerät. Es ist Hertha: »Alles okay?«

Gerhard seufzt und spricht ins Funkgerät: »Aufs Funkprotokoll wird jetzt gepfiffen?«

»Das ist kein offizieller Einsatz. Allein dürftest gar nicht rauf.«

»Glaub's mir, es ist kein Spass ... aber ich bin dem alten Sturschädel noch etwas schuldig.«

Hertha sitzt im Wagen am Funkgerät:

»Ich hab's noch nie gecheckt. Was ist da mit euch und dem Bauern? Warum hat der so einen Hass auf euch? Dass sein Sohn auf und davon ist, dafür könnt ihr ja nichts.«

»Eh nicht«, kracht es aus dem Funkgerät, »Aber er meint, wir hätten länger nach ihm suchen müssen.«

»Wann habt ihr die Suche denn abgebrochen?«

Gerhard wischt sich den Schnee aus dem Gesicht.

»Nach einer Woche. Aber wir haben nicht gewusst, wo wir weiter suchen sollen. In den Bergen, im Tal ... wir hatten keinerlei Anhaltspunkte. Der Bauer hat uns auch nicht viel weiterhelfen können, weil die beiden vorher gestritten haben und von da an war der Joschi verschwunden.«

Eine längere Pause, dann fährt er fort:

»Es war eine riesengroße Suchaktion ... das ganze Dorf war unterwegs. Wenn wir eine Leiche gefunden hätten, oder zumindest irgendeinen Hinweis auf seinen Tod.«

Die Verbindung wird schlechter. Hertha dreht am Funkgerät herum.

»Aber so ist schwer, damit abzuschließen«, meint sie.

»Ich verstehe den Bauern sogar. Ich hab selbst Zweifel. Heute noch. Vielleicht haben wir wirklich zu früh aufgegeben«, räumt Gerhard ein.

»Verstehe«, sagt Hertha, doch Gerhard ist noch nicht fertig.

»Aber der Bauer hat nicht aufgegeben. Vier Jahre lang hat er ihn gesucht in den Bergen ... dabei hat er sich sein Knie ruiniert ... irgendwann später hat er dann auch aufgehört zu suchen ... zumindest körperlich ... seitdem hat er sich immer mehr ...«

Der Liftkorb macht einen Ruck.

»Hoppala!«

Im Auto wird Hertha nervös:

»Was ist los? Gerhard?«, und blickt zur Seilwinde des Transportlifts, der durch den Schnee und die Vereisung stockt und dann völlig zum Stillstand kommt. Der Motor streikt.

Der Liftkorb schwingt durch den plötzlichen Halt in alle Richtungen. Gerhard krallt sich am Rand des Korbes fest.

Aus dem Funkgerät ruft Hertha besorgt:

»Gerhard? Alles okay? Der Lift fährt nicht mehr!«

Gerhard lacht kurz auf.

»Das hab ich auch bemerkt.«

Er sieht sich um.

»Alles bestens, Hertha. Ich bin fast oben.«

Die Bergstation ist bereits in Sichtweite – doch nach unten sind es einige Höhenmeter.

Nervös steigt Hertha aus dem Wagen und starrt hinauf zum Berg, doch die Sicht ist stark eingeschränkt. Besorgt schreit Hertha ins Funkgerät:

»Was ist los da oben?«

Etwas fällt vom Lift – es ist der Gerhards Rucksack.

Er landet sanft im tiefen Schnee.

Gerhard schätzt die Höhe ein – das lange Seil in der Hand, welches er am Liftkorb befestigt.

Da fällt ein Seilende nach unten. Das andere ist am Liftkorb angebracht.

Kurz später seilt sich Gerhard auch schon vom Liftkorb ab.

Schnee und Wind erschweren die Aktion.

Plötzlich ein heftiger Windstoß.

Er baumelt hin und her, droht gegen einen Baum zu donnern.

Er lässt sich daher in einem günstigen Moment die letzten Meter fallen und landet unsanft – aber sicher – neben seinem Rucksack.

Durch den Aufprall drückt es ihm die Luft aus den Lungen und er hat Schwierigkeiten, zu atmen.

Durch den Schnee hört man die Stimme Herthas.

»Gerhard? Sag etwas!«

Allmählich kommt Gerhard wieder zu Atem.

Er schnallt sich die Schneeschuhe an, hängt sich den Rucksack um und schnappt sich das Funkgerät aus dem Schnee.

»Alles gut, Hertha! Weiter geht's!«

»Du machst mich fertig«, stöhnt Hertha erleichtert aus dem Funkgerät.

Gerhard lächelt und stapft los – hinauf zur Bergstation.

KONFRONTATION

Das dichte Schneegestöber ist in einen kräftigen Schneesturm übergegangen, der die Alm des Bauern nun völlig eingenommen hat.

Ahmad sitzt neben dem Hund vor dem Ofen. Dieser ist ganz unruhig. Aber auch Ahmad ist aufgebracht – und wütend.

Da prescht der Bauer aus seiner Schlafkammer und geht drohend auf Ahmad zu.

»Wieso bist du wieder da? Sag es mir! Warum?«

Ahmad weicht zurück.

»Beruhig dich, alter Mann ...«

Doch der Bauer kommt ihm immer näher.

»Ich will es wissen! Das bist du mir schuldig«, droht er Ahmad.

»Ich schulde dir gar nichts!«, sagt Ahmad und versucht dem Bauern auszuweichen, doch dieser lässt ihn nicht aus.

»Ach so? Gar nichts? Aufgezogen hab ich dich da heroben. Ich ganz allein ... und wozu? Dass du kommen und gehen kannst, wann es dir passt?«

Jetzt wird Ahmad wütend:

»Du checkst es einfach nicht!«

»Was check ich schon wieder nicht?«, schreit der Bauer zurück.

Sie stieren sich an. Ahmad ist kurz davor, dem Bauern seine Illusion zu nehmen – doch dann sieht er in seine traurigen, angsterfüllten Augen.

»Du bist verrückt! Du brauchst Hilfe, alter Mann!«

»Gar nichts brauche ich ... und dich auch nicht.«

Jetzt wird der Bauer richtig ungut.

»Wenn du fort willst, dann geh! Aber dann schleich dich gleich ... und komm nicht wieder.«

Der Bauer tritt gegen Ahmads Rucksack am Boden.

»Hau schon ab! Schleich dich!«

Ahmad will noch etwas erwidern, da dreht ihm der Bauer den Rücken zu.

Ahmad gibt auf – ein letzter Blick zum Bauern und zum Hund – ein Griff nach dem Rucksack. Schon schließt sich die Tür zur Stube.

Der Bauer starrt düster auf das Foto seiner Frau – und da begreift er, dass er es übertrieben hat.

»Was hab ich gemacht? Nicht schon wieder. Joschi!«

Der Hund bellt überaus heftig vor der geschlossenen Tür.

In Schneeschuhen stapft Gerhard langsam heran. Er kämpft gegen Schnee, Wind und extreme Kälte. Auf der Anhöhe über der Alm bleibt er stehen. Er befreit das Funkgerät vom Schnee und schreit hinein:

»Hertha? Ich bin jetzt bei der Alm vom Bauern.«

Gerhard legt die Schneeschuhe ab und verstaut sie am Rucksack. Durch den eisigen Wind ist Hertha durch das Funkgerät nur schwer zu verstehen:

»Verstanden ... pass nur auf... dass er dir nichts tut.«

»Der Flüchtling oder der Bauer?«, lacht Gerhard ins Funkgerät, dann stutzt er plötzlich.

»Scheiße! Hertha, ich melde mich!«

Gerhard blickt besorgt zur Alm des Bauern. Dann läuft er los.

Ahmad stapft zügig über die Weide durch den Schneesturm davon. Der Bauer läuft Ahmad nach. Sein Knie schmerzt stark, doch er kämpft sich weiter durch den Schnee.

»Joschi ... Joschi! Warte!«, ruft er ihm verzweifelt nach.

Ares läuft beiden hinterher, hysterisch bellend.

Da erreicht Gerhard die Alm. Er zieht seine Waffe und läuft auf die Weide. Inzwischen hat Ahmad den Zaun erreicht.

Der Bauer holt ihn ein, ist ganz außer Atem.

»Wo rennst denn hin? Da kommst nirgendwo weiter!«

Ahmad blickt kurz zu ihm – dann steigt er über den Zaun.

»Halt! Stehen bleiben! Polizei!«, hört man Gerhard schreien.

Der Bauer und Ahmad sind überrascht, ihn zu sehen – beide verharren bewegungslos. Gerhard hat seine Waffe auf Ahmad gerichtet.

»Geh weg von ihm, Bauer!«, fordert ihn Gerhard entschlossen auf.

»Was willst du da? Schleich dich von meinem Hof!«, pfaucht ihn der Bauer an.

»Misch dich nicht ein, Bauer!«

»Was heißt ... lass den Joschi in Ruhe!«

»Den Joschi? Bauer ... das ist nicht ...«

In diesem Moment springt Ahmad über den Zaun und will in den Wald hinauf laufen. Gerhard verfolgt ihn mit der Waffe und schreit:

»Bleib stehen! Halt! Stop now! Or I will shoot!«

Der Bauer begreift nicht, was gerade geschieht und schreit Gerhard an:

»Bist narrisch?«

Gerhard gibt einen Warnschuss ab. Ahmad zuckt zusammen, aber läuft weiter. Der Hund jault auf. Der Bauer geht wütend auf Gerhard los:

»Was machst du da?«

Jetzt zielt Gerhard auf Ahmad.

»Stopp! Letzte Warnung.«

Nun läuft ihm der Bauer ins Schussfeld.

»Schleich dich, Bauer!«, ruft Gerhard.

Ahmad droht ihm zu entwischen. Er schießt ein weiteres Mal in die Luft. Der Schuss verhallt gefährlich in der schneebeladenen Umgebung – der Bauer sieht sich um, er ahnt Schlimmes ...

Und tatsächlich. Ein dumpfes Grollen macht sich breit, das schnell lauter wird. Der Hund spitzt die Ohren. Die Tiere im Stall werden unruhig. Genauso wie Ahmad. Der Boden vibriert. Die Tiere beginnen zu schreien. Der Hund bellt.

Und eine mächtige Lawine rollt vom naheliegenden Berghang in Richtung Alm.

Alle starren sie mit angsterfüllten Augen auf das herannahende Unheil.

Ein starker Summton.

In der Stube wackelt das Foto von Trude auf der Kommode und fällt zu Boden.

Schneemassen bahnen sich ihren Weg über die schräge Weide. Ohrenbetäubendes Getöse.

Und schon reißt die Lawine den Hühnerstall mit, verschlingt auch gleich den Hund und dann auch schon Gerhard.

Die Blicke von Bauer und Ahmad treffen sich für einen kurzen Moment.

Da macht der Bauer einen Schritt auf Ahmad und die Lawine zu, welche zuerst Ahmad von hinten erfasst und schließlich beide mitreißt.

Eine dichte weiße Wolke hüllt alles ein.

WIEDERGEBURT

Stille. Um Ahmads Gesicht herum ist alles hell ... weiß ... magisch ...

Grelles Tageslicht dringt durch die Schneeschicht.

Er schlägt die Augen auf – erkennt seine Situation – doch er bleibt ganz ruhig.

Er hört nur seinen Atem ... genießt die Ruhe ... den gewonnenen Frieden ... schließt die Augen ... und lächelt.

Seine Sinne sind wieder frei. Eine Weile absolute Stille.

Schließlich öffnet er seine Augen – ist wieder voll da. Und mit einem lautlosen Schrei – bricht er durch die Schneedecke hindurch ins Freie.

Er wirft sogleich seinen Rucksack ab. Fährt hoch, versucht sich zu orientieren. Er sieht sich suchend um.

Nur Schnee um ihn herum – keine Spur von den anderen.

Der Schneesturm hat sich verzogen. Als hätte ihn die Lawine mitgerissen.

Da entdeckt Ahmad etwas im Schnee.

Er läuft hin. Beginnt zu graben.

Schon kommt ein Teil von Ares Fell zum Vorschein.

Ahmad gräbt schneller und hat den Kopf des Hundes bald freigelegt.

Dieser ist geschockt, doch unversehrt und kann sich bald selbst vollständig befreien.

Sogleich gibt Ahmad dem Hund das Zeichen, nach den Verschütteten zu suchen.

»Such, Ares! Such!«

Der Hund nimmt sofort die Fährte auf.

Kurz später schlägt Ares auch schon an.

Er gräbt und zieht mit der Schnauze an einem Rucksack.

Ahmad übernimmt und schickt den Hund weiter. Dann kann er auch Gerhard befreien.

Dieser ist ebenso bei Bewusstsein, nur sein Bein ist gebrochen.

Er gibt Ahmad zu verstehen, dass es ihm gut geht.

Weiter entfernt gräbt der Hund erneut im Schnee – Ahmad läuft zu ihm.

Beide machen so schnell sie können.

Dabei beobachtet sie Gerhard, betrachtet Ahmad genau dabei, wie er mit all seiner Kraft um das Leben des alten Bauern kämpft.

Endlich kommt dieser zum Vorschein.

Er ist bewusstlos. Ahmad befreit sein Gesicht vom Schnee, hält seinen Kopf.

Da öffnet der Bauer seine Augen und blickt Ahmad mitten ins Gesicht.

Er sieht ihn erstmals klar und deutlich als den Mann, der er ist.

Langsam betastet der Bauer Ahmads Gesicht. Der lächelt.

Schließlich verliert der Bauer wieder das Bewusstsein.

Nun kehren auch langsam die Umgebungsgeräusche wieder zurück.

Doch diesmal sind sie erträglich, der Summton ist verschwunden.

Der Hund bellt den Bauern an.

»Der Bauer muss dringend ins Dorf zur Ärztin.«

In der Nähe steht Gerhard auf einem Bein.

»Ich werd das nicht schaffen mit meinem Fuß ... und ins Tal funken kann ich erst, wenn ich das Gerät wieder gefunden habe.«

Ahmad steht auf und dreht sich zu ihm um – Gerhard ist überrascht über Ahmads Erscheinung.

»Wahnsinn, diese Ähnlichkeit«, staunt er.

»Ich werde gehen«, sagt Ahmad voller Entschlossenheit.

Gerhard nickt und sieht sich um.

»Wir haben noch Glück gehabt ... die Lawine hat die Alm nur gestreift.«

»Gaia!«, ruft Ahmad plötzlich ganz aufgeregt: »Die Tiere!«

Er will schon in Richtung Stall laufen, als ihn Gerhard zurückhält.

»Ich kümmere mich schon um die Viecher ... aber du musst los«, und deutet auf den bewusstlosen Bauern.

Ahmad nickt.

Kurz später schnallt sich Ahmad die Schneeschuhe von Gerhard an.

Dieser erklärt ihm mit großen Gesten den Weg.

»Nach der Lawine folgst einfach nur noch dem Forstweg. Der führt zu einer Straße und dann immer geradeaus.«

»Verstanden«, sagt Ahmad knapp, dann hebt er den bewusstlosen Bauern vorsichtig hoch.

»Du weißt schon, es kann jederzeit noch was herunterkommen«, warnt ihn Gerhard besorgt: »Und beim Überqueren der Lawine musst besonders aufpassen.«

Ahmad nickt.

»Alles klar. Aufpassen.«

Gerhard reicht ihm die Hand.

»Danke.«

Ahmad umschließt sie mit beiden Händen.

»Ich bin Ahmad.«

»Ich bin der Gerhard«, nickt er ihm versöhnlich zu.

Dann stapft Ahmad mit dem Bauern auf seinen Schultern davon.

Gerhard und Ares schauen ihnen nach.

»Der schafft das schon, Ares. Dein alter Herr ist bald wieder bei dir.«

Ahmad trägt den Bauern über den zugeschneiten Weg in Richtung Tal.

Schritt für Schritt bahnt er sich seinen Weg durch den tiefen Schnee.

Durch das zusätzliche Gewicht des Bauern bricht er trotz seiner Schneeschuhe immer wieder durch die Schneedecke ein.

In regelmäßigen Abständen bleibt er stehen, um nach dem Zustand des Bauern zu sehen.

Dieser ist besorgniserregend. Um sich Mut zu machen, stimmt Ahmad ein Lied aus seiner Heimat an.

Ein Lied über Abschied, über Ankunft – und zweite Chancen.

Auf der Alm bleibt Ares an einer Stelle im Schnee stehen und beginnt zu graben.

Gerhard humpelt unter Schmerzen heran.

»Du bist mein Held, Ares!«, ruft er voller Freude.

Ahmad steht vor der Lawine.

Zum Verschnaufen hat er den Bauern abgesetzt – dessen Zustand ist unverändert schlecht.

Kurz später hievt er ihn sich schon wieder auf den Rücken.

Er ist bereits erschöpft, seine Knie zittern – doch der gefährlichste Teil des Weges liegt noch vor ihm.

Anfänglich überquert er die Lawine nur ganz langsam.

Überall rieselt es Schneebrocken – kleine und große.

Die Gefahr für den Bauern und ihn ist spürbar.

Aber es bleibt ihm nichts anderes übrig, wenn er den Bauern retten will.

Schließlich nimmt er all seinen Mut zusammen und stapft zügig über die unsicheren Schneemassen hinweg – und schließlich aus dem Gefahrenbereich hinaus.

Der Hund läuft bellend über den Hof, der größtenteils von der Lawine verschont geblieben ist – nur Plumpsklo und der Hühnerstall sind fort.

Die Stalltür wird aufgeschoben.

Gerhard humpelt in den Stall, wo ihm die Tiere entgegen glotzen – verängstigt und aufgeregt, jedoch alle wohl auf.

Ahmad trägt mit letzten Kräften den Bauern auf seinen Armen über den Forstweg hinunter.

Da taucht im nebeligen Grau ein Licht vor ihm auf.

Es wird größer, kommt immer näher und dann zum Stillstand.

Auch Ahmad bleibt jetzt stehen – er kann einfach nicht mehr.

Langsam lässt er den Bauern von seinen Schultern gleiten.

Da eilt ihm schon Hertha aus dem Scheinwerferlicht des Polizeiwagens entgegen. Hinter ihr kommt auch Michi zum Vorschein.

Beide nehmen Ahmad den Bauern ab.

Dann verlassen Ahmad seine Kräfte und er sackt am Weg zusammen.

FLÜGELSCHLÄGE

Der Bauer erwacht im Arztzimmer.

Er hat lediglich einige Schrammen davongetragen.

Kathi ist über ihn gebeugt und leuchtet in seine Augen.

»Wenn du doppelt siehst, das ist die Gehirnerschütterung, nicht der Schnaps.«

Der Bauer greift nach ihrer Hand.

»Die Hühner hat es erwischt, dem Rest geht's gut ... die Alm steht auch noch ... kannst ein paar Kerzen anzünden.«

Der Bauer nickt, aber das beruhigt ihn noch nicht ganz.

»Wo ist ... er?«, fragt er besorgt.

»Alles okay, Bauer. Dem ... Ahmad ... geht's gut. Wir kümmern uns um ihn.«

Skeptisch lehnt sich der Bauer zurück.

»Ahmad ...«, spricht er erstmals seinen Namen aus.

Zwei Gemeinderäte stehen vor dem Tisch der Bürgermeisterin.

»Er ist ein Held. Ganz einfach«, sagt der eine.

»Finde ich auch. Ein Ausländer und flüchtig. Aber ein Held!«, pflichtet ihm der zweite bei.

Hertha schüttelt den Kopf bei dieser Aussage. Die Wirtin und der Pfarrer sind ebenfalls anwesend.

»Die Kathi hat gesagt, der Bauer ist so richtig aufgeblüht mit ihm.«

»Nur damit es dem Bauern gut geht und euer schlechtes Gewissen besänftigt ist?«, seufzt die Bürgermeisterin und wird deutlich:

»Das ist ein Flüchtling auf der Flucht. Wer weiß, was der angestellt hat? Woher der kommt?«

Hertha blättert verärgert in ihren Notizen, schließlich liest sie vor:

»Syrien, Aleppo. Sein Freund und seine Eltern sind vor seinen Augen umgebracht worden. Ihn haben sie verfolgt, eingesperrt und gefoltert. Willst Details?«

Die Bürgermeisterin schweigt.

Gerhard – mit Gipsbein und Krücke – meldet sich zu Wort:

»Gruberin ... er hat mich gerettet und den Bauern ... ohne zu überlegen. Er hätte uns dort oben einfach liegen lassen und verschwinden können. Aber stattdessen hat er uns geholfen.«

»Und dadurch hat er sich den Behörden ausgeliefert. Wissentlich!«, setzt sich nun auch der Pfarrer für Ahmad ein.

Schließlich blickt die Wirtin in die Runde:

»Also, was machen wir mit ihm?«

Alle sehen zur Bürgermeisterin.

Die zuckt mit den Achseln.

»Irgendwas wird uns schon einfallen.«

Kathi macht Michi und Ahmad am Krankenbett des Bauern Platz.

»Bauer, du hast Besuch ...«

Die beiden nähern sich dem Bett.

»Michi!«, begrüßt ihn der Bauer freundlich.

»Ich hätte dein blödes Handy behalten sollen. Es tut mir leid.«

»Egal. Ich hab dir schon ein neues besorgt. Ich freue mich, dass es dir gut geht, Bauer«, grinst Michi.

Der Bauer lächelt, dann wendet er sich Ahmad zu.

»Ahmad.«

Der Bauer überlegt:

»Ich weiß nicht, ob ich mich an den Namen gewöhnen werde.«

Ahmad schmunzelt.

»Du kannst mich nennen, wie du willst, alter Mann.«

»Was hast du denn nur gemacht, du Depp?«, fragt ihn der Bauer gerührt.

»Wer ist hier der Depp?«, erwidert Ahmad. Beide grinsen.

Michi tritt nochmal ans Bett.

»Bauer ... der Joschi war mein bester Freund. Er hätte es mir gesagt, wenn er wirklich von hier fortgehen wollte.«

Der Bauer nickt.

»Ich dank dir, Michi.«

Michi verschwindet lächelnd.

»Ich lasse euch mal allein«, sagt Kathi mit wässrigen Augen und folgt Michi nach draußen.

Ahmad und der Bauer sehen sich eine Weile an – schließlich setzt sich Ahmad zu ihm ans Bett und greift nach der Hand des Bauern.

Er überlegt kurz, schließlich beginnt er zu erzählen:

»Ich ... ich heiße Ahmad Chalid. Ich wurde in Homs geboren ... aber aufgewachsen bin ich in Aleppo ...«

Er fährt fort, während der Bauer aufmerksam zuhört, voller Interesse, Rührung und Anteilnahme.

Ein Dokument liegt am Tisch in Kathis Büro.

»Bist du dir wirklich sicher?«, fragt sie den Bauern, dem es schon deutlich besser geht.

Er blickt zu ihr auf.

»Dass er nicht mehr zurückkommt?«

»Dass du den Antrag endlich unterschreiben willst«, antwortet sie.

Der Bauer lächelt leise – und mit Wehmut, aber auch mit dem Gefühl, dass es das Richtige ist – setzt er schließlich seine Unterschrift unter das Dokument – *Josef ... Bauer.*

Hertha verstaut einen alten Koffer im Polizeiwagen.

Daneben warten Gerhard auf einer Krücke, die Bürgermeisterin, Michi und der Pfarrer.

Kathi und Bauer kommen aus dem Arzthaus.

»Das steht doch alles nicht dafür ... und meine Viecher?«, wehrt sich der Bauer.

»Zum hundertsten Mal, die sind versorgt« und dreht genervt die Augen über.

»Ich war noch nie so lange weg von der Alm.«

»Ja. Oder von deiner Schnapsbrennanlage«, fügt Kathi hinzu und dann zu Gerhard, »Geh bitte, fahrt's jetzt ab mit ihm!«

Gerhard schmunzelt und öffnet dem Bauern die hintere Wagentür.

»Bald siehst wieder wie ein Adler und hüpfst herum wie eine junge Gams!«, verabschiedet sich Michi vom Bauern.

Der hält kurz inne.

Er blickt zuerst zu Kathi und dann zu den anderen.

»Danke. Euch allen.«

»Schon gut, Bauer«, lächelt die Bürgermeisterin.

»Und jetzt nehmt ihn endlich mit, sonst überlegt er es sich doch noch anders, unser Almöhi.«

Gerhard und Hertha steigen in den Wagen.

»Keine Angst. Wir kümmern uns um alles«, sagt Michi und hilft dem Bauern auf den Rücksitz.

Durch das Fenster sieht der Bauer ein letztes Mal hinauf in die Berge, in Richtung seiner Alm. Dann setzt sich der Wagen in Bewegung.

Ein sonniger Frühlingstag auf der Alm.

Ein paar junge Hühner laufen aus dem neu errichteten Hühnerstall.

Auf der Weide tummeln sich die Tiere.

Und auch ein neues – schiefes – Plumpsklo wurde errichtet.

Ares verbellt eine nervige Ziege und gesellt sich zum Bauern auf die Veranda, der stur und ausdruckslos in die Ferne blickt.

Plötzlich macht er dort etwas aus.

Seine Sicht ist nach der Augenoperation wieder scharf und klar – und seine Entdeckung keine Einbildung.

Auch das Bellen des Hundes bestätigt ihn – es ist Ahmad, der ihm da zu winkt.

Mit Rucksack und einem Dokument in der Hand.

Und er grinst über das ganze Gesicht.

Der Bauer steht auf und läuft ihm zügig entgegen.

Ares hüpft freudig bellend zwischen ihnen umher.

Dann fallen sich der Bauer und Ahmad in die Arme.

Ahmad und der Bauer stehen auf dem Berggipfel.

Beide überschauen in Ruhe die weite Landschaft – und diesmal ohne Wehmut.

Sie haben Frieden geschlossen mit sich und ihrer Vergangenheit.

Plötzlich der entfernte Schrei eines Vogels.

Beide blicken nach oben.

Dort kreist der Adler durch die Lüfte.

Ahmad und der Bauer blicken ihm nach, bis er aus ihrer Sicht verschwunden ist.